Über den Autor:

Sandro Hübner, wurde 1991 in Görlitz geboren. Besuchte erfolgreich die Schule und widmete sich mit 10 Jahren Kurzgeschichten, Gedichten und Vorträgen die sehr umfangreich verfasst waren. Als er 17 Jahre alt war und sich als Schriftsteller die Zeit, für seinen Ersten Roman: SAD SONG - Trauriges Lied - nahm, machte ihm das Schreiben sehr großen Spaß. Sandro Hübner lebt in Berlin und arbeitet bereits an seinem nächsten Roman. Er hat mittlerweile Bestseller geschrieben.

Vom Autor bereits erschienen: www.sandrohuebner.de

Für dich Mama, Papa Oma, Opa und Ur-Oma

Alle Geschichten, wenn man sie
bis zum Ende erzählt,
hören mit dem Tode auf.
Wer Ihnen das vorenthält,
ist kein guter Erzähler.

E. Hemingway

SANDRO HÜBNER

MYSTERIÖSE THRILLER-GESCHICHTEN AUS DEUTSCHLAND

Bibliografische Information der Deutschen Nationalbibliothek:
Die Deutsche Nationalbibliothek verzeichnet diese Publikation in der Deutschen Nationalbibliografie; detaillierte bibliografische Daten sind im Internet über http://dnb.dnb.de abrufbar.

TWENTYSIX – Der Self-Publishing-Verlag
Eine Kooperation zwischen der Verlagsgruppe Random House und BoD – Books on Demand.

© 2020 Sandro Hübner

Herstellung und Verlag:
BoD - Books on Demand, Norderstedt

ISBN: 978-3-7407-7055-6

Alle Rechte, einschließlich die des auszugsweisen Nachdrucks in jeglicher Form und der Übersetzung, sind vorbehalten. Das Werk darf – auch teilweise – nur mit Genehmigung des Autors wiedergegeben werden.

Alle in diesem Roman vorkommenden Personen, Schauplätze, Ereignisse und Handlungen sind frei erfunden. Etwaige Ähnlichkeiten mit lebenden Personen oder Ereignissen sind rein zufällig.

Inhalt

Titel	Seite
Großeltern des Schreckens	7
Die blutige Theaterprobe	19
Die letzte Welt	45
Anmerkungen des Autors	97

Großeltern des Schreckens

Hilfe! „Mark ist tot", sagte der alte Mann. Er war den Tränen nahe und schloss seine Frau in seine Arme. Elyria fing an zu schluchzen. Beide waren über siebzig und hatten eine außergewöhnliche Wohnung am Rande der kleinen Stadt, die aus ungefähr eintausend Einwohner bestand.

Karl hatte damals eine Metallverarbeitung besessen, die er bis vor wenigen Jahren noch am Laufen hatte. Aber dann wurden die Umsätze schlecht und Karl konnte seine Angestellten nicht mehr bezahlen.

Der Reihe nach musste er sie alle entlassen. Die Fabrik stand dann ein Jahr leer, bevor Karl beschloss, dort ein zu ziehen. Die Fabrik bestand aus einer Produktionshalle, einer Laserhalle und einer Beschichtungshalle. Alle drei hatten ungefähr die gleiche Größe von jeweils tausend Quadratmeter.

Die Maschinen hatte Karl alle nicht verkauft. Sie standen alle noch so da, wie beim letzten Tag der Benutzung. Karl konnte sich nicht von ihnen trennen.

Die Büroräume wurden als Provisorische Wohnung umgebaut. Sie bestand aus drei Zimmern von zwanzig Quadratmeter, einem kleinen Badezimmer und Flur.

In der Laserhalle, gab es eine Feuerstelle, über der Elyria das Essen zubereitete. Hier wurde auch Wasser fürs Bad in einem großen Kessel gekocht, der meist über der Feuerstelle hing. Eine moderne Küche wollte Karl nicht haben und Elyria machte es nichts aus, dort wie am Lagerfeuer zu sitzen und Essen zu machen. Es dauerte immer alles etwas länger, aber manche Sachen schmeckten sogar besser, als wenn sie auf den Herd gekocht wurden. Die Feuermelder in den Hallen baute Karl alle ab, damit nicht jedes Mal die Feuerwehr kommen musste, wenn mal wieder ein Essen über der Feuerstelle gebrutzelt wurde.

Mit der Zeit schlossen sich Karl und Elyria von der Außenwelt aus, da sie von den meisten Dorfbewohnern für verrückt gehalten wurden und als Asozial abgestempelt dargestellt.

Die einzigen, zu denen sie noch Kontakt hatten, waren ihr Sohn Mark und Tim, ihren Enkel.

Marks Frau ist bei der Geburt von Tim gestorben, weil sie ein zu schwaches Herz hatte, um die Schmerzen bei der Geburt aushalten zu können.

Wenn Elyria mit dem Fahrrad einkaufen fuhr, wurde sie von den meisten Dorfbewohner schief angesehen und fast jeder zog über sie her, weil sie mittlerweile ungepflegt aussah. Ihr graues schütterndes Haar war dauernd zerzaust, ihre Fingernägel glichen schon denen von Struwwelpeter, ihre Zähne waren mit der Zeit heraus gefallen, da sie nie zum Zahnarzt ging und ihre Kleidung lies auch zu wünschen übrig.

Meist roch Elyria, wenn sie in der Nähe der Leute kam unangenehm nach Schweiß.

Doch nicht nur Elyria ließ sich so gehen, sondern auch Karl. Ihm waren die Haare schon ausgefallen und seine Zähne ließen auch zu wünschen übrig.

Er trug meist die gleiche Kleidung und roch erbärmlich.

Aber der Gestank machte Elyria und Karl nichts aus. Sie badeten einmal die Woche und ansonsten musste Wasser gespart werden. Nur zum Kochen wurde es noch verwendet.

Hinter der Fabrik gab es einen alten Brunnen mit einer Schwengelpumpe. Aus ihm wurde das Wasser gepumpt, weil die Stadt das Wasser abgedreht hatte.

„Was ist mit Tim?" fragte Elyria unter Tränen.

„Wir müssen Tim aufnehmen. Die Behörden steckten ihn vor zwei Tagen ins Kinderheim. Warum man uns jetzt erst gesagt hat, dass Mark tödlich verunglückte, weiß ich nicht."

„Wahrscheinlich hätte es uns niemand gesagt, dass unser Sohn sich Totgefahren hatte, wenn du nicht zufällig sein Auto auf dem Schrottplatz gesehen hättest", heulte Elyria in Karls Armen.

Karl besaß einen alten Thunderbird und erledigte jede Reparatur an ihm selber.

Der Besitzer vom Schrottplatz kannte Karl gut und handelte immer einen fairen Preis mit ihm aus.

„Wie bekommen wir jetzt Tim aus dem Heim heraus?" fragte Elyria mit verheulter Stimme.

„Ich hab schon einen Idee, wie. Lass mich nur machen. Die Welt da draußen ist so ungerecht zu uns und ich finde, es ist jetzt an der Zeit, dass wir uns dafür rächen."

„Ich finde, du hast vollkommen recht. Es ist Zeit, all den Leuten, die uns beschimpft und beleidigt haben, einen Denkzettel zu verpassen."

Karl erzählte Elyria von seinem Plan. Er wusste auch, dass Tim einen Doppelgänger hatte, der ihm wie einen Zwillingsbruder glich. Elyria hielt die Idee, auf diese Weise ihren Enkel bei sich zu haben für eine gute Idee.

Im Kinderheim herrschte schon absolute Ruhe. Auch bei dem achtjährigen Frank war alles ruhig und dunkel im Zimmer. Die Schwester hatte vor einer Stunde das Licht bei ihm ausgemacht und ihn eine „gute Nacht" gewünscht. Frank war schon seit seinem dritten Lebensjahr im Kinderheim. Seine Eltern hatten sich scheiden lassen und niemand konnte Frank aufnehmen.

Vorm Fenster stand ein Mann. Die Schwester war nachlässig und hatte nicht darauf geachtet, ob das Fenster geschlossen war.

Der Mann ergriff die Gelegenheit und stieß das Fenster auf, aber leise, ohne jegliches Geräusch zu machen. Dann kletterte er hinein und sah sich in der Dunkelheit ein wenig um. Er konnte zunächst nur schatten erkenn, doch dann erblickte er das Bett des kleine Frank' s.

Leise schlich er hin und blieb eine Weile vor seinem Bett stehen. Er konnte nur einen schnarchenden Schatten erspähen, der neben dem Kopfkissen lag. Der Mann nahm das Kissen und roch erst mal daran. Frisch bezogen, dachte er und drückte es dann auf das Gesicht des schlafenden Jungen.

Frank fing an zu zappeln und ein dumpfer Schrei kam durch das Kopfkissen hindurch. Immer heftiger zappelte der Junge und versuchte auch immer lauter zu schreien, doch das Kissen stoppte seine Hilferufe. Der junge hatte Angst und versuchte das Kissen von seinem Gesicht zu drücken, aber vergeblich.

Langsam bekam er keine Luft mehr und die Angst zu ersticken wurde immer größer, von Minute zu Minute.

Seine Kräfte ließen allmählich nach und bald schon hatte er sich seinem Schicksal ergeben. Einmal zuckte der Körper noch und dann bewegte sich nichts mehr an ihm. Der Mann schlug die Bettdecke zurück und nahm den kleinen leblosen Körper auf den Arm.

Er war nicht schwer. Leise schlich der Mann zur Tür und öffnete sie ganz leise.

Spärliches Licht fiel etwas ins Zimmer.

Der Mann öffnete die Tür weiter und schlich sich mit dem leblosen Körper auf den Arm hindurch. Sanft schloss er die Tür wieder.

Auf dem langen Flur herrschte eine Totenstille. Leise schlich sich der Mann an den Zimmern vorbei und blieb dann fast am Ende des Ganges vor einer Tür stehen.

Sachte öffnete er auch diese Tür und schlüpfte hindurch. Ruhig schloss er die Tür hinter sich.

Da stand ein Bett am Fenster. Aus ihn war ein- und ausatmen von jemanden zu hören. Der Mann ging mit der Leiche auf den Arm zum Bett und blieb stehen. Den Leichnam legte er auf dem Fußboden und schob ihn dann unters Bett.

Der Mann holte eine Spritze aus der Hosentasche und setzte sie dem schlafenden etwas auf den Oberarm. Dieses kleine Geschöpf schlief so fest, aber sicher war sicher. Dann injizierte er den Inhalt der Spritze in den kleinen Körper.

Kurz darauf nahm der Mann den kleinen Körper aus dem Bett und legte ihn auf dem Boden. Dann holte er den Leblosen Körper unter dem Bett hervor und legte ihn auf das Bett.

Die Bettdecke wickelte er zu einem langen Tuch zusammen und hängte es über der Deckenlampe.

Dann formte er eine Schlinge am unteren Teil der Bettdecke und holte den Leichnam des kleinen Frank. Er packte seinen Kopf und drehte ihn nach hinten. Es knackte einmal im Genick.

Der Mann steckte Frank's Kopf durch die Schlinge und zog sie zusammen. Da baumelte nun Franks Leiche am Betttuch.

Den anderen Körper, der auf dem Boden lag, nahm der Mann wieder hoch und verschwand mit ihm aus dem Zimmer, schlich den Flur entlang und ging in das Zimmer in dem er zuerst war zurück. Dort kletterte er mit dem fest schlafenden Körper durchs Fenster und zog es dann von außen wieder zu.

„Wo bin ich?" fragte Tim, als er erwachte.
„Du bist hier bei deiner Oma und deinem Opa", sagte die alte weißhaarige Frau, die vor seinem Bett stand.

Tim erkannte die Frau. Es war seine Oma. Doch wie war er hier her gekommen?

Das wusste er nicht. Und seine Oma konnte es ihn auch nicht sagen.

„Ich bin doch ins Kinderheim gekommen", bemerkte Mark.

„Das hast du geträumt", erklang eine Männliche Stimme aus der Ecke. Tim sah dort einen Mann in einer alten blauen Latzhose stehen. Er hatte die Arme vor der Brust verschränkt und sah Tim an.

"Wir müssen dir mal was sagen und du musst tapfer sein, " meinte der Mann und kam auf Tim zu.

„Opa", rief Tim, als er sah wer der Mann war. „Was ist mit Vater geschehen?"

Karl trat ans Bett. „Nun mein Junge", sprach er in ruhigen Ton. „Dein Vater ist tot. Du musst jetzt bei uns aufwachsen. Wir sind jetzt für dich verantwortlich."

Tim liefen die Tränen. „Tot?" Aber das kann doch nicht sein."

„Ist aber leider so", sagte Elyria und streichelte Tims Kopf. „Du musst jetzt ganz tapfer sein mein kleiner Junge. Gemeinsam werden wir es schon schaffen."

Tim konnte seinen Schmerz über den Verlust seines Vaters nicht verbergen und fing laut an zu heulen. Er richtete sich etwas auf und Elyria nahm ihn tröstend in den Arm.

„Aber ich war doch Gestern ins Kinderheim gekommen und bin dort zu Bett gegangen", jammerte

Tim. Karl schüttelte den Kopf. „Nein mein Junge. Du warst zu Hause und dort am schlafen. Ich habe dich auf den Arm genommen und aus eurer Wohnung geholt. Und du hast so fest geschlafen, dass du gar nicht mitbekommen hast, wie ich dich raus holte."

Tim war verwirrt.

„Aber das stimmt doch gar nicht Opa."

„Woher willst du das wissen?" fragte Karl. Sein Ton wurde nun etwas straffer. „Du hast doch geschlafen und von alle dem nichts mitbekommen."

„Karl bitte", sagte Elyria. „Der Junge hat schreckliches durch gemacht und brauch jetzt erst ein bisschen Ruhe. Warum gehst du nicht ein bisschen raus zum Holz hacken?"

Karl verließ den Raum.

„Du brauchst vor Opa keine Angst haben Tim. Du weißt ja, dass er manchmal etwas stur ist."

Tim sah seine Oma mit Tränen gefüllten Augen an.

„Du brauchst vor uns keine Angst zu haben mein Junge."

„Das weiß ich. Aber ich muss doch bald auch wieder in die Schulen gehen."

„Erst mal musst du dich ausruhen und um die Schule mach dir mal keine Sorgen. Dein Opa und ich wir werden uns schon darum kümmern. Aber erst mal mein Junge, muss die Beerdigung deines Vaters vorbei sein. Dann können wir weiter sehen."

Die Firmengebäude waren in einer U-Form gebaut. Im mitten dieser U-Form befand sich der Hof, wo Karl mit einer Axt die Holzscheite spaltete. Hier und da wuchs das Unkraut auf dem Pflaster. Karl hielt nichts vom Gift in die Landschaft spritzen.
Für sein Alter war er noch richtig fit und so schnell machte ihn niemand etwas im Holz hacken vor. Sein Herz war Gesund und sein Verstand wies kaum eine graue Zelle auf.
Elyria kam aus der Leserhalle auf ihn zu. „Der Junge muss erst etwas Ruhe finden", sagte sie. „Weißt du noch, als vor einigen Tagen der Polizist hier war und mir mitteilte, dass Mark einen Unfall hatte?"
„Ja, aber was hat jetzt das eine mit dem anderen zu tun?" fragte Elyria etwas skeptisch.
„Der Junge muss sehen, dass er jetzt mit dieser Situation fertig wird, genau wie wir. Und er muss lernen, dass sein Vater nie wieder für ihn da sein wird. Es wird ihm nicht ganz einfach sein, aber wir müssen ihm dabei helfen."
„Er braucht gerade jetzt unsere Unterstützung. Und wir müssen und beide um ihn kümmern. Was machen wir, wenn er wieder zur Schule muss?"
Karl hielt inne mit dem Holz hacken. „Was sollen wir dann tun? Dann werden wir ihn einfach zur Schule schicken."
„Ich hielte es für das beste ihn einfach nicht zur Schule gehen zu lassen, sondern ihn hier zu Un-terrichten." „Was denn, hier? Elyria wie soll das funktionieren? Du weißt genau, dass wir gesagt haben, dass uns niemand hier in die Gebäude kommt. Jahre lang war niemand mehr hier und es braucht auch niemand her zu kommen. Jetzt,

nachdem die Sache mit Mark geschehen ist, erst recht nicht mehr.
Diese falschen Hintergründe, diese miese Türen, die die Menschen untereinander abziehen, brauchen sie mit uns nicht zu machen."
Elyria nahm Karl in Arm. „Weißt, niemand wird erfahren, dass der Junge hier ist. Ich denke, wir bekommen ihn auch so groß. Niemals darf herauskommen, dass er bei uns aufgewachsen ist. Mark war mit seinen letzten Besuchen bei uns sehr sparsam geworden und sein letzter Besuch ist über ein Jahr her gewesen."
„Mach dir keine Sorgen Elyria. Hier wird niemand hereinkommen und wenn doch, dann…"
Karl hob die Axt und schlug in den Holzscheit, den er auf dem Hauklotz gestellt hatte.
Es wurde immer kälter Draußen und Tim fand die Luft gerade zu Ideal, um Draußen spielen zu können. Mittlerweile hatte er sich bei seinen Großeltern schon etwas eingelebt und mit dem Gedanken, nicht mehr zur Schule zu müssen, hatte er sich sofort angefreundet.
Opas große alte Fabrik hatte ideale Spielplätze. Da gab es zum Beispiel eine alte Linde, die in der Ecke der Laserhalle und der Beschichtungshalle stand. Dort kletterte Tim drin herum und baute sich eine kleine Hütte auf einen der starken Äste.
Seine Großeltern taten alles für ihn und waren der Meinung, dass es Tim auch gefiel. Die Beerdigung von Mark lag nun schon drei Monate zurück und Tim war oft traurig über den Verlust seines Vaters gewesen.

ENDE

Die blutige Theaterprobe

Es war Winter. Eilig folgten sechs Schüler ihrer Lehrerin durch die Nacht. Sie folgten der Außenwand ihrer Schule, bis sie in einer kleinen Bucht verschwanden. Dort schloss Frau Rüdinger die gläserne Tür auf und betrat zusammen mit ihren Schülern das Gebäude. Sie folgten dem Korridor im Erdgeschoss, bis sie in der großen Pausenhalle ankamen. Dort ging die Lehrerin zur gegenüberliegenden Holzwand und öffnete eine weitere Tür. Gemeinsam mit den Schülern betrat sie diesen und betätigte einen Lichtschalter.

Norah musste sich im ersten Moment die Augen zuhalten, da sie sich erst an das Licht gewöhnen musste. Im ganzen Schulgebäude war es dunkel gewesen und nur die Laternen auf dem Schulhof hatten die Korridore etwas erhellt. In der Aula gab es jedoch keine Fenster, weshalb das Licht eingeschaltet werden musste. Ohnehin wäre dies nicht vermeidbar gewesen, denn sie alle waren hier um für ihr nächstes Theaterstück zu proben.

Bereits vor drei Monaten wurde über das Stück entschieden und die Rollen waren längst vergeben. Norah durfte die weibliche Protagonisten sein und an der Seite von Chris und Erik spielen. Letzterer war nicht nur in dem Drama ihr Geliebter, sondern auch im echten Leben. Chris hingegen war ihr Ex-Freund. Sie mochte ihn zwar immer noch, dennoch hatte es vor drei Wochen einen Streit zwischen ihnen gegeben.

„Amy hat sich heute leider krank gemeldet. Ich denke, dass dies aber auch ohne sie eine gute Nachtprobe werden wird. Ihre Rolle ist ja nicht allzu groß.", erzählte Frau Rüdinger, während alle ihre Taschen und Jacken auf den Zuschauersitzen abstellten. Die Probe war sehr wichtig, da tagsüber häufig nicht alle Mitglieder der Arbeitsgemeinschaft kommen konnten. Diese Nacht hingegen war am Wochenende und endlich hatten einmal alle wichtigen Rollen Zeit gehabt. Ausschlafen konnten sie ja am nächsten Tag noch.

„Wir werden gleich versuchen ein Mal das ganze Stück durchzuspielen. Ab und zu werde ich euch auch mal unterbrechen um ein paar Sätze zur Inszenierung zu sagen. Danach gucken wir dann erst mal wie wir so in der Zeit liegen. Fangt am besten schon mal an die Bühne für den ersten Akt aufzubauen.", instruierte die Regisseurin. Sofort gingen die ersten Schüler in den Requisitenraum und begannen ein paar Stühle und Tische aufzubauen. Die anderen kamen ein paar Minuten später hinzu und halfen dann auch gewissenhaft mit.

Es dauerte nicht lange, ehe alle Vorbereitungen getroffen waren und die Probe offiziell beginnen konnte. Die sechs Schüler spielten den ersten Akt und machten anschließend eine kurze Trinkpause. Norah setzte sich zu der Gruppe und trank einen Schluck aus ihrer Flasche. Ihr Freund Erik nutzte die Gelegenheit und ging auf die Toilette, während Frau Rüdinger ein Gespräch mit Sam begann.

„Kannst du deinen Text für den zweiten Akt? Das wäre wichtig, da die Szene ja sehr lebhaft ist.", erkundigte sich die Regisseurin und wartete gespannt auf eine Antwort ihres Schülers. Dieser strich sich nur einmal kurz durch sein Haar und antwortete dann motiviert.

„Ich habe gestern mehrere Stunden den Text geübt. Der letzte Akt sitzt noch nicht so gut, aber der Zweite schon. Dann können wir gleich gut an der Inszenierung arbeiten." Norah fiel auf, dass sich nun auch Chris erhoben hatte um auf die Toilette zu gehen. Somit saß sie etwas allein neben Sam und ihrer Lehrerin. Da sie ihren Text bereits konnte, holte sie ihr Handy heraus und überprüfte ihre Nachrichten.

„Ist das neu?", fragte Sam plötzlich von der Seite und wendete sich neugierig Norahs Handy zu. Sie nickte nur kurz und gab ihm das Telefon. Beeindruckt musterte ihr Mitschüler es und begann ein paar Knöpfe zu drücken.

„Du spielst wirklich gut, Norah.", sprach Frau Rüdinger ihre Protagonistin an. Diese lief daraufhin ein wenig rot an und grinste verlegen. Ihre Lehrerin bemerkte dies auch und fügte sofort ein paar Sätze hinzu.

„Das stimmt wirklich, allerdings fehlt dir noch ein entscheidender Ausdruck zum Ende des Stückes hin. Ich weiß, dass es sehr schwierig ist diese panische Angst zu spielen. Dann auch noch mit einem Hauch von Verwirrung. Wirklich nicht einfach, aber daran werden wir diese Nacht noch arbeiten." Das Grinsen war wieder von Norahs Gesicht verschwunden. Natürlich hatte sie das Lob gefreut, doch ihre Rolle war nicht einfach. Es wartete trotz ihres Ehrgeizes noch eine gewaltige Menge Arbeit auf sie.

„Wo sind Finn und Liz?", fragte Norah nun. Ihr war das Verschwinden der beiden Mädchen gar nicht aufgefallen. Sie kannte sie zwar nur von den Proben, verstand sich allerdings gut mit ihnen. Besonders gefiel ihr an der Theatergruppe, dass es keine großen Altersunterschiede gab. Alle von ihnen waren um die sechszehn Jahre alt gewesen, mal abgesehen von ihrer Lehrerin.

„Sie sind in ein Klassenzimmer gegangen um ihren Text zu lernen. Ich habe sie schon nach der ersten Szene weggeschickt, da sie erst gleich wieder im Stück vorkommen.", antwortete Frau Rüdinger, während Sam immer noch mit Norahs Handy beschäftigt war.

„Soll ich die beiden holen gehen?", fragen Norah vorausschauend, was ihre Lehrerin sehr beeindruckte. Jene nickte kurz und erklärte ihr dann, dass Finn und Liz im Zimmer von ihrer Klasse waren. Für andere Räume außer dem Hintereingang und der Aula hatte sie nämlich keinen Schlüssel mitgehabt. Nur die Toiletten waren noch offen gewesen, da sie nie verschlossen wurden.

Norah machte sich auf den Weg und verließ die Aula. In der Pausenhalle kam es ihr nun noch dunkler vor als vorhin, deshalb beeilte sie sich auch um zu der Treppe zu gelangen. Sie musste nur ein Stockwerk höher und dann wäre sie schon fast bei dem Klassenzimmer.

Plötzlich hörte Norah einen schrillen Schrei und rannte daraufhin instinktiv die Treppenstufen hinauf. Oben angekommen, war schnell klar, woher der Hilferuf kam. Nur wenige Meter von Norah entfernt stand eine Tür weit offen und mitten in ihr eine weinende Finn. Sie schien kurz vor einem Nervenzusammenbruch zu sein und starrte wie hypnotisiert auf den Boden des Klassenzimmers.

Besorgt rannte Norah zu Finn und nahm sie von hinten in den Arm um sie zu stützen. Erst danach sah sie in den Raum und erschrak so stark, dass sie fast selbst noch umgefallen wäre. Norah begann genau wie Finn zu zittern und musste sich an dem Türrahmen festhalten.

Mitten in dem Klassenzimmer lag Liz, alle Viere von sich gestreckt. Ihr Gesicht war völlig regungslos und mitten auf ihrem weißen Pullover entdeckte Norah ganz viel Blut. Ihr wurde schlecht bei dem Anblick und sie drehte sich fast ohnmächtig um. Beinahe hätte sie ihr Bewusstsein verloren, doch schon im nächsten Moment schossen ihr nur noch Fragen durch den Kopf. Was war passiert? Wer hatte das getan? Was sollte sie jetzt tun?

„Norah, sie ist tot!", sagte Finn heiser und weinte dabei elendig. Ihre Schminke war komplett verlaufen und die Augen erschienen nun in einem rötlichen Ton. Norah wollte es einfach nicht wahr haben, was sie dort sah. Liz, eine Mitschülerin von ihr, war während der Nachtprobe gestorben. Sie wollte doch nur den Text lernen gehen und dann das.

Auf einmal sah Norah verwirrt zu Finn. War sie nicht bei ihrer Freundin gewesen? Schließlich wollten sie zusammen hier hoch gehen und lernen. Das passte doch nicht zusammen.

„Finn, wo warst du, als das passiert ist?", fragte Norah mit zittriger Stimme. Sie versuchte wieder ruhiger zu werden, doch es ging einfach nicht. Je mehr sie wieder die Kontrolle über sich erlangen wollte, umso schrecklichere Fragen schossen ihr durch den Kopf. Finn konnte unmöglich Liz umgebracht haben. Sie waren beste Freundinnen gewesen, aber wer war es dann? Vielleicht war der Mörder auch noch in ihrer Nähe und hatte seine beiden nächsten Ziele längst anvisiert. Eine unheimliche Stille folgte.

„Norah, ich – ich war auf Toilette und dann – dann wollte ich zurück zu Liz und dann…" Finn musste ihren Satz abbrechen, da sie erneut ihre Beherrschung verlor und in Tränen ausbrach. Norah wäre fast genau dasselbe passiert, doch ihr Verstand siegte bei ihrem Kampf um die Tränen. Ihr Gefühl sagte ihr, dass Liz ermordet worden war und der Täter noch im Schulgebäude umherirrte. Sie war zwar gewarnt, doch ihre weiteren Mitschüler waren noch in der Aula oder auf Toilette gewesen. Sie ahnten ja nicht, dass ein Mörder in der Dunkelheit unterwegs war.

„Komm mit.", sagte Norah leise zu Finn und zog sie mehr oder weniger mit sich. Am liebsten wäre auch sie in Tränen ausgebrochen, aber dies könnte jetzt ihren Tod bedeuten. Sie musste einen kühlen Kopf bewahren, genau wie es Finn auch tun sollte. Norah zog ihre Leidensgenossin auf den Boden und versteckte sich zusammen mit ihr hinter dem Treppengeländer.

„Die anderen sind in großer Gefahr. Wir müssen ihnen Bescheid sagen.", flüsterte Norah hektisch. Es schien so einfach die Treppe hinunterzugehen, die Pausenhalle zu durchqueren und die Aula zu betreten. In diesem Moment traute sich Norah jedoch nicht mal mehr zu atmen. Ohnehin konnte sie kaum denken.

„Der Schlüssel.", sagte Finn fast atemlos. „Er ist noch im Klassenzimmer. Vielleicht brauchen wir ihn.", würgte sie weiter. Der Gedanke war sehr gut, weshalb sie nochmal leise aufstanden und gebückt zurück zu dem Raum liefen, in dem die tote Liz lag. Hektisch suchten sie das ganze Zimmer ab – vergeblich.

„Er ist nicht mehr hier.", stellte Finn panisch fest und versuchte nicht zu ihrer besten Freundin zu gucken. Norah war sofort klar, dass der Täter ihn mitgenommen haben musste. Aufgeregt zog sie Finn wieder am Arm und lief mit ihr zurück hinter das Treppengeländer. Sie mussten unbedingt in die Aula.

„Es ist seit Liz´ Tot nichts mehr passiert. Keine Auffälligkeiten, kein nichts. Wir müssen versuchen zu den anderen zu gelangen.", versuchte Norah Finn zu motivieren, die nun ebenfalls versuchte sich zusammenzureißen. Ohne ein weiteres Wort zu sprechen, standen sie auf und wollten gerade loslaufen, als sie einen Schatten am Fuße der Treppe sahen. Reflexartig ergriffen die beiden Mädchen die Flucht und rannten die nächste Treppe hinauf in das oberste Stockwerk. Dort versteckten sie sich erneut hinter dem Treppengeländer und versuchten ihren Puls zu senken. Ihre Herzen rasten jedoch unerbittlich und schienen im ganzen Schulgebäude hörbar zu sein.

Plötzlich hörten die beiden Schritte. Der Täter war ihnen also die Treppe hinauf gefolgt, doch machte auf einmal im ersten Stockwerk wieder kehrt. Wäre er auch nur ein paar Stufen weiter hinauf gegangen, hätte er die Mädchen entdeckt. Dem war allerdings nicht so und die Schritte verhallten wieder. Anscheinend war der Mörder zurück ins Erdgeschoss gegangen. Vielleicht war sein nächstes Ziel auch schon die Aula.

„War das der Mörder?", fragte Finn mit zittriger Stimme. Auch Norahs Puls war wieder nach oben geschossen. Es war eine schwierige Situation. Sie saßen nun im obersten Stockwerk und wussten, dass unten jemand auf sie wartete. Vermutlich war diese Person auch noch mit einem blutigen Messer bewaffnet, das nur darauf wartete weitere Herzen zu durchbohren.

„Bitte sag mir, dass er das nicht war.", flehte Finn nun und weinte. Norah hatte ihr nicht geantwortet, weswegen sie noch panischer geworden war. Es musste aber eine Lösung geben – bloß welche?

„Ich weiß es nicht.", sagte Norah, der gerade ein Gedanke durch den Kopf schoss. „Vielleicht haben sich die anderen aber auch Sorgen um uns gemacht und jemand sollte uns holen kommen. Er hat dann Liz gesehen und ist wieder zurück in die Aula gerannt."

„Aber warum hat er denn dann nicht nach uns gerufen?", fragte Finn völlig aufgelöst, dennoch war sie tatsächlich in der Lage gewesen eine solche Frage zu stellen. Norah war ratlos. Sie hoffte in diesem Moment so sehr, dass sie einfach aus ihrem Alptraum aufwachen könnte.

„Wir müssen Hilfe holen.", stellte Norah auf einmal fest. Dieser Gedanke kam ziemlich unerwartet, war aber ein gescheiter Geistesblitz. Dabei dachte sie jedoch nicht an ihre Mitschüler, sondern an die Polizei. Wofür gab es denn auch Handys? Eilig griff Norah in ihre Hosentasche, als ihr plötzlich einfiel, dass sie ihr Telefon Sam gegeben hatte. Das konnte doch nicht wahr sein!

„Hast du ein Handy hier?", fragte Norah verzweifelt. Die Antwort konnte sie sich fast schon denken. So viel Glück konnten sie einfach nicht haben. Die Ausgangslage wurde ihnen dadurch erheblich erschwert. Sie hatten kein Handy und keinen Schlüssel. Somit konnten sie nicht aus dem Schulgebäude heraus, da Frau Rüdinger den Hintereingang wieder verschlossen hatte. Die restlichen Glasscheiben waren viel zu dick um sie zu zerbrechen und die Fenster in jeglichen Räumen wurden jede Nacht zum Schutz versiegelt.

„Nein, es ist in meiner Tasche in der Aula.", bestätigte Finn Norahs böse Vermutung. Ein weiteres Telefon gab es auf jeden Fall noch im Sekretariat. Die Tür war aber sicherlich abgeschlossen, genau wie fast alle anderen auch. Nur die Toiletten waren Tag und Nacht geöffnet.

„Es hilft alles nichts. Wir müssen ins Erdgeschoss.", sagte Norah und sah in Finns ängstliches Gesicht. Wahrscheinlich wollte sie gerade sagen, dass dies unmöglich sei, doch sie brachte kein Wort heraus. Stattdessen stand sie gemeinsam mit Norah auf und schlich leise die Treppe hinunter.

Erfolgreich kamen sie im ersten Stockwerk an und schlichen zurück zur nächsten Treppe. Dort angekommen, hörten sie jedoch erneut Schritte. Schnelle Schritte. Sie sprinteten zu der Treppe, wo Norah und Finn waren. Reflexartig duckten sie sich und hielten die Luft an. Sie beide dachten schon an ihr Ende, doch dann erblickten sie die zwei Gestalten, die gerade die Treppe hinauf sprinteten und auf sie zukamen.

Es waren Erik und Sam. Freudestrahlend stand Norah auf und lief ihnen entgegen. Die Jungen rannten dennoch erst bis nach ganz oben und setzten sich dann zu Finn um Luft zu holen.

„Frau Rüdinger ist tot!", sagte Erik geschockt und sah zu den anderen. Sam schien ohnehin gerade nicht ansprechbar zu sein und Finn stand wieder kurz vor einem Nervenzusammenbruch. Nur Norah brachte ein paar Worte heraus, auch wenn es ihr schwer fiel.

„Liz ist auch tot." Die Nachricht schockte die Jungen noch mehr. Sie sahen Norah erst so an, als ob sie einen Scherz machte und ihnen nicht glauben würde. Schnell wurde aber klar, dass sie die Wahrheit sagte und tatsächlich ein Mörder unter ihnen war.

„Wer könnte das getan haben?", fragte Erik verwirrt und versuchte sich all dies zu erklären. Norah ging es genauso. Auch in ihrem Kopf kreiste und schwirrte dieselbe Frage und für sie konnte es nur einer sein.

„Entweder ist in diesem Gebäude ein Unbekannter, was ich garantiert nicht glaube, oder es ist Chris." Norah tat es so Leid dies auszusprechen, doch nur er konnte es sein. Er war angeblich auf Toilette, als Liz umgekommen war und nun war er auch nicht anwesend.

„Chris?", fragte Sam nun ungläubig. Er schien die Welt nicht mehr zu verstehen – genau wie Finn. Die beiden hatten sich sogar inzwischen schon in den Arm genommen um sich gegenseitig Mut zuzusprechen.

„Es könnte aber tatsächlich Chris gewesen sein.", flüsterte Erik. „Wir wollten ihn suchen gehen, da er immer noch nicht von der Toilette zurückgekommen und er mir dort auch nicht begegnet war. Als Sam und ich jedoch zurückkamen, lag Frau Rüdinger tot auf dem Boden. Überall war Blut und…" Erik musste abbrechen. Der Schock saß noch zu tief. Für Norah war der Fall jedoch so gut wie gelöst: Chris musste der Mörder sein. Sie belastete dieser Gedanke sehr. Immerhin war sie mal mit ihm glücklich zusammen gewesen und auch heute würde sie ihm so etwas noch nicht einmal annähernd zutrauen. Es wäre eine unvorstellbare Vorstellung so etwas sich zuzutrauen.

„Habt ihr ein Handy hier?", fragte Norah hoffungsvoll, doch die beiden Jungen schüttelten nur die Köpfe. „Sam, wo hast du meines hingelegt, nachdem ich dir das gegeben hatte?", fragte Norah nun schon etwas wütend. Sie waren inzwischen zu viert und immer noch schien die Lage aussichtslos zu sein.

„Ich habe es wieder zurück in deine Tasche gelegt.", antwortete Sam eingeschüchtert und versteckte sich hinter Finns Armen. Wahrscheinlich hatte er Todesangst, genau wie die anderen Drei auch.

„Es gibt noch Schlüssel in der Hausmeisterloge.", flüsterte Finn plötzlich. Das war die Idee! Sie mussten irgendwie in das Erdgeschoss und zu dem Büro des Hausmeisters gelangen. Zu viert war dies vielleicht möglich und eine Tür aufzubrechen war in diesem Fall vollkommen gerechtfertigt.

Nachdem alle zugestimmt hatten, standen sie leise auf und untersuchten ihre Umgebung. Alles war ruhig. Nichts bewegte sich und alles war still. Vorsichtig schlichen die Vier die Treppe hinunter und versuchten die Kontrolle über die Situation zu behalten. Ruhig gingen sie auch noch ein Stück durch einen der vielen dunklen Korridore und sahen bei einer Abzweigung gespannt nach links, wo die Hausmeisterloge war. Was sie dort sahen, erschrak sie, denn die Tür des Raums war bereits aufgebrochen.

Erik versuchte seine Freunde zu beruhigen und schlich allein zu der Loge. Norah starb fast vor Sorge, schließlich hätte Chris sich dort versteckt halten können. Erik sah jedoch vorsichtig in das Zimmer hinein und gab dann erleichtert Entwarnung. Die drei restlichen Schüler schlichen nun auch zur Loge und machten eine weitere schlechte Entdeckung.

„Sie sind alle weg.", sagte Finn entsetzt und trat einen Schritt in die Loge hinein, von der aus man durch eine große Glasscheibe in den Korridor schauen konnte. Geschockt musterte Finn die ganzen Schubladen, die verteilt auf dem Boden lagen. Jemand war bereits vor ihnen da gewesen und brauchte all die Schlüssel bestimmt nicht selbst.

„Was sollen wir jetzt tun?", fragte Sam ängstlich und quetschte sich auch in die Hausmeisterloge. Sie war ein gutes Versteck, doch es war beunruhigend, dass Chris bereits hier gewesen war.

„Wir brauchen unbedingt ein Handy. Selbst das Telefon hier hat Chris mitgenommen.", stellte Erik entsetzt fest. Es schien aber wirklich nur diese Möglichkeit zu geben. Wahrscheinlich wusste dies der Mörder und wartete schon in der Aula auf sie.

„Ich werde hier bleiben.", sagte Sam und zitterte am ganzen Körper. Er war ja kaum noch in der Lage sich zu bewegen. Selbst Finn konnte ihm nicht mehr helfen. Glücklicherweise hatte wenigstens sie sich nun ein wenig gefangen gehabt.

„Ich werde mit zur Aula gehen.", sagte sie unerwartet und Norah war erstaunt über diese Aussage. Diese Entscheidung hätte sie ihr nicht zugetraut, doch sie war endgültig gefallen. Auch Erik erklärte sich nun bereit und bat Norah bei Sam zu bleiben.

„Schatz, bitte, pass auf dich auf.", sagte Norah und küsste ihn noch einmal kurz. Sie hatte sich so gefreut, dass er noch lebte und wieder bei ihr war. Nun würde er wieder gehen.

„Das werde ich.", flüsterte er seiner Freundin leise ins Ohr und verschwand dann mit Finn um die Ecke, während Norah sich mit Sam hinhockte und ruhig der Umgebung lauschte. Sie hörte, wie sich die Schritte entfernten und sie nach einer gefühlten Ewigkeit endlich an einer Tür rüttelten. Norah war sich sicher, dass die Tür zur Aula abgeschlossen war. So dumm konnte Chris nicht gewesen sein. Sie kannte ihn doch.

Auf einmal ertönte ein Schrei aus der Pausenhalle. Es war erneut der von Finn gewesen. Hektik kam auf. Norah hörte, wie zwei Personen den parallelen Korridor entlang rannten und in das erste Stockwerk liefen. Völlig panisch stand Sam auf und Norah tat es ihm gleich. Sie mussten etwas unternehmen – egal was. Wahrscheinlich war auch Finn jetzt tot.

Norah musste sich einfach vergewissern und schlich zusammen mit Sam zur Pausenhalle. Dort sahen sie in den großen Saal, wo Finn reglos am Boden lag. Schnell sah Norah wieder weg und zog Sam weinend mit sich. Erik war in großer Gefahr. Wahrscheinlich war er mit Chris jetzt allein im ersten Stockwerk und lieferte sich einen Kampf mit ihm.

„Wir müssen hoch und zwar sofort.", sagte Norah entschlossen und stürmte zu einer weiteren Treppe, die ebenfalls hinaufführte. Beide eilten die

Stufen hoch und blieben dann abrupt stehen. Sie durften nicht leichtsinnig werden!

Sie lauschten gespannt und konnten nichts hören, außer ihr starkes Atmen. Irgendwo mussten Erik und Chris doch hingelaufen sein, dennoch gab es keinerlei Geräusche zur Orientierung. Gerade jetzt, wo doch jede Sekunde zählte. Oder war Erik vielleicht auch schon tot? Daran durfte Norah jetzt nicht denken.

„Ich werde alle Gänge kontrollieren. Geh du so lange auf die Toilette und warte dort. Es ist zu gefährlich für dich.", sagte Sam und verwies auf eine Tür hinter Norah. Sie fand das Angebot wirklich mutig, doch sie konnte das niemals annehmen.

„Ich werde mitkommen.", widersetzte sie sich. Sam sah sie daraufhin eher traurig an. Wahrscheinlich wollte er, dass wenigstens sie überlebt. Die Chance Chris lebendig zu entkommen, war zurzeit nämlich nicht gerade die Größte. Immerhin war er bewaffnet.

Norah wusste, dass jetzt der Zeitpunkt gekommen war sich zu verstecken und einfach mal die Jungen machen zu lassen. Innerlich freute sie sich sogar ein wenig darüber, denn sie hatte große Angst. In der Toilette war es womöglich wirklich sicherer.

Ohne noch etwas zu sagen, trat sie zurück und öffnete die Tür der Herrentoilette. Sie ging hinein und sah noch zu wie Sam davonschlich. Norah schloss jedoch die Tür und eilte in eine der drei Kabinen. Schnell schloss sie ab und erschrak, als sie plötzlich jemanden hinter sich bemerkte.

„Norah!", sagte eine männliche Stimme und sie wusste, wer dies war. Wie eingefroren drehte sie sich dennoch um und sah genau in Chris´ Augen. Norah wollte wegrennen, doch sie bekam das Schloss nicht so schnell wieder auf. Sie rüttelte an der Tür, als sie plötzlich zwei Hände von hinten griffen und sie zurückzogen.

„Beruhig dich!", sagte Chris etwas lauter und versuchte Norah unter Kontrolle zu bekommen. Jene wehrte sich jedoch weiter und wurde erst still, als er sie losließ. Norah sprang auf und knallte mit den Rücken gegen die Kabinenwand.

„Was ist hier überhaupt los?", fragte Chris, als seine Ex-Freundin wieder ansprechbar war. Diese war jedoch vollkommen verdutzt und öffnete nur ungläubig den Mund. War Chris etwa doch nicht der Mörder? Oder spielte er nur ein falsches Spiel mit ihr?

„Werf dein Messer weg!", schrie Norah und sah Chris fordernd an. Dieser schien allerdings nicht zu wissen, was sie von ihm wollte. Vielleicht hatte er ja wirklich kein Messer bei sich.

„Norah, ich habe nichts hier.", sagte Chris und hob dabei seine Hände hoch, als ob er sich ergeben wollte. Darin hielt er nichts und auch in seinen Taschen konnte Norah nichts entdecken. Tränen traten ihr nun aus den Augen. Sie war so verwirrt gewesen. Chris hingegen kam ihr immer näher und umarmte sie, als sie beinahe zu Boden gesunken wäre.

„Erzähl mir doch bitte, was hier los ist.", flüsterte er ihr ins Ohr und setzte sie auf den Toilettendeckel. Norah brauchte ein paar Sekunden um sich wieder zu fangen. Dann wollte sie es jedoch genau wissen, da das Leben von zwei Jungen noch auf der Kippe stand.

„Ein Mörder ist im Schulgebäude.", begann Norah leise zu erzählen. „Er hat bereits Liz, Frau Rüdinger und Finn getötet. Als Letztes hat er Erik gejagt und jetzt ist Sam ihn suchen gegangen. Wir dachten, du wärst der Täter." Norah sah Chris genau in die Augen. Er erwiderte ihren Blick und keinerlei Reue war darin zu finden. Ganz im Gegenteil schien dies ihm sogar völlig neu zu sein.

„Das ist ja fürchterlich.", sagte er kopfschüttelnd und starrte anschließend auf den Boden. Auch er schien nun fast zu weinen. Für Norah war dies das Zeichen, dass er tatsächlich nicht der Mörder war. Bloß wer war es dann? Sie mochte gar nicht daran denken, aber theoretisch konnte es auch Erik sein. Genau wie Chris hatte er die Chance gehabt Liz umzubringen. Ebenfalls Frau Rüdinger hätte er töten können. Immerhin hatte er die ganze Geschichte erzählt, während Sam unter Schock gestanden hatte. Erik hätte Teile davon problemlos verdrehen können. Finn wäre auch kein Problem gewesen und die zwei Personen, die Norah wegrennen gehört hatte, konnten Einbildung gewesen sein. Vielleicht war nur Erik die Treppen hochgelaufen und wartete jetzt schon darauf, dass auch Sam ihm in die Falle lief.

„Wo warst du die ganze Zeit?", fragte Norah noch kurz Chris um sich zu vergewissern, ob sie ihm trauen konnte. Innerlich wusste sie jedoch, dass er unschuldig war. Sie hatte ihn die ganze Zeit zu Unrecht beschuldigt gehabt.

„Ich saß die ganze Zeit hier. Ich habe zuerst einen Schrei gehört und dann Schritte und – alles war so unheimlich. Ich habe mich einfach nicht mehr heraus getraut.", gab Chris zu und lief dabei ein wenig rot an. Gleichzeitig zitterte er jetzt auch am ganzen Körper.

„Wir dürfen keine Zeit mehr verlieren. Sam ist in großer Gefahr.", sagte Norah und stand wieder auf. Hektisch öffnete sie die Kabinentür und rannte gemeinsam mit Chris hinauf auf den Flur. Sie liefen den Gang entlang, dem auch Sam vor wenigen Minuten noch gefolgt war.

Nur wenige Schritte weiter blieben sie abrupt stehen. Nicht weit von ihnen entfernt tauchte nun Erik aus der Dunkelheit auf. Vor ihm lag Sam – tot. Norah war wütend. Wie konnte ihr Freund so etwas nur getan haben?

„Norah, pass auf!", rief Erik und lief noch weiter auf sie zu. Anscheinend begann er wieder seine Rolle als unschuldiger Freund zu spielen. Sie konnte ihm dies jedoch nicht länger glauben.

„Bleib sofort stehen!", schrie Norah ihn wütend an und bemerkte, wie ihr eine Träne die Wange hinunterlief. Es schmerzte so sehr in ihrem Herzen ihren eigenen Freund, den sie so sehr liebte, beschuldigen zu müssen. Sie wusste, dass er so etwas nie tun würde, doch er musste der Täter sein. Sam war der endgültige Beweis. Chris konnte nicht der Mörder sein.

„Norah, bitte mach jetzt keinen Fehler", versuchte Erik auf sie einzureden, blieb dabei jedoch stehen. Chris stand immer noch hinter Norah und schien genauso verwirrt wie sie zu sein.

„Jetzt hast du auch noch Sam umgebracht!", ignorierte Norah Eriks Bitte sich zu besinnen. Natürlich musste er der Täter gewesen sein, doch ihr Bauchgefühl sagte etwas anderes. Chris traute sie es zwar auch nicht zu, aber immer noch mehr als ihrem jetzigen Freund.

„Ich habe ihn hier tot gefunden, Norah! Ich bin genauso geschockt wie du und jetzt mach bitte keinen Fehler. Siehst du, ich habe keine Waffe bei mir.", sagte Erik und hielt beide Hände in die Luft, wie Chris es bereits in der Toilette getan hatte.

Norah war total verwirrt gewesen und wusste nicht mehr, was sie glauben sollte. Beide wiesen die Schuld von sich, doch einer von ihnen musste es gewesen sein. Sie könnte sich ja nicht mal bei einem Angriff wehren. Ohne Waffe beschuldigte sie einen Jungen, der vielleicht schon vier Leute in dieser Nacht umgebracht hatte.

Chris stand immer noch hinter Norah. Sie beunruhigte dies nun so stark, dass sie sogar einen Schritt weiter nach vorne trat, sich umdrehte und beide Jungen nun sehen konnte. Ihr Verstand beschuldigte Erik, ihr Herz jedoch Chris.

Norah wusste nicht mehr was sie tun sollte und es war schon fast wie eine Kurzschlussreaktion, als sie plötzlich durch die Mitte losprintete. Wenn einer der beiden der Mörder war, dann brauchte sie keine Angst davor zu haben, wo sie hinlief.

Norah stürmte die Treppe ins Erdgeschoss hinunter und folgte dem dunklen Korridor. In nur wenigen Sekunden hatte sie die Pausenhalle erreicht und war quer durch ihre Mitte gerannt. Sie war sich sicher, dass Chris und Erik ihr gefolgt waren, doch noch waren sie außer Reichweite. Norah musste ihren Vorteil nutzen und irgendwie versuchen in die Aula zu gelangen. Sie konnte jetzt niemandem mehr trauen. Vielleicht waren ja auch beide Jungen die Mörder und hatten sich vorher schon genau abgesprochen.

Norah war schon fast an der Aula angekommen, als ihr auffiel, dass Finns Leiche verschwunden war. Auf dem Boden entdeckte sie nur noch Blut, wo ihre Freundin einst tot gelegen hatte. Nun war sie allerdings weg. Vielleicht waren Chris und Erik ja doch unschuldig gewesen und ein Unbekannter hatte sich in das Gebäude geschlichen. Welche Möglichkeit sollte es denn sonst noch geben? Finn konnte ja wohl kaum noch leben. Norah hatte sie doch mit ihren eigenen Augen tot auf dem Boden liegen gesehen und die Blutspuren bestätigten ihr dies. Wo war sie bloß hin? Oder was hatte der Mörder noch mit ihr vor?

Noch panischer als zuvor versuchte Norah jetzt die Tür zur Aula zu öffnen. Sie war aber immer noch verschlossen. Hilflos rannte sie weiter. Es würde nicht mehr lange dauern, ehe Chris und Erik auftauchen würden. Sie musste sich also in einen der dunkelsten Korridore verstecken.

Hektisch rannte sie in einen kleinen Seitengang, wo es keine Fenster gab. Es war also stockdunkel und man konnte so gut wie nichts sehen. Norah brauchte nun eine Waffe. Wie sollte sie jedoch an ein Messer oder etwas ähnlichem heran kommen, wenn alle Räume verschlossen waren?

Vergeblich versuchte sie einige Türen zu öffnen. Es war hoffnungslos. Norah hatte weder ein Handy noch eine Waffe. Sie konnte nur noch eines tun: sich verstecken. Genau dies versuchte sie jetzt auch, indem sie sich in eine finstere Ecke setzte und versuchte ihren Puls zu beruhigen.

Norah hörte Schritte in der Pausenhalle. Sie hatte jedoch keine Ahnung mehr, wer dies sein konnte. Chris hätte sie einfach auf der Toilette umbringen können und Erik hätte sogar noch früher die Gelegenheit dazu gehabt. Wer war bloß der Täter?

Norah dachte, dass ihr Kopf gleich platzen würde. Womöglich waren dies ihre letzten Sekunden in ihrem Leben gewesen. Der Gedanke wurde immer realistischer, als sie hörte, wie sich eine Person ihrem Versteck mit schnellen Schritten näherte.

Norah hielt die Luft an und begann zu beten. Etwas anderes konnte sie jetzt nicht mehr tun. Sie hielt sich sogar die Augen zu, als sie die Person in ihren Gang kommen sah. Sehr Wahrscheinlich hatte nun ihre allerletzte Stunde geschlagen. Die Stille und Angst war in den Augen zu erkennen und zu sehen.

„Norah?", fragte eine Stimme. Halb ohnmächtig blinzelte die Gejagte noch einmal und sah den Schatten jetzt genau vor sich stehen. Plötzlich sah Norah aber nur noch ein Leuchten und fragte sich, ob so der Tod aussah. Erst im nächsten Moment wurde ihr bewusst, dass sie nur von einer Taschenlampe angeleuchtet wurde.

„Du kannst wieder aufstehen.", sprach die Stimme weiter. Es war weder die von Chris noch von Erik, denn sie war weiblich. Wer sollte dies dann aber nur gewesen sein? Norah platzte fast der Kopf. Sie war verwirrt und wusste nicht mehr, was sie denken sollte. Dies alles war zu viel für sie gewesen.

Plötzlich gingen noch mehr Taschenlampen im Hintergrund an. Norah versuchte die herannahenden Personen zu identifizieren, doch sie konnte nur Liz erkennen, die genau vor ihr stand.

„Liz?", fragte sie fast atemlos. „Ich dachte, du bist tot.", sprach Norah weiter und konnte es nicht fassen. Vielleicht war sie ja doch schon im Reich der Toten. Verwirrt versuchte Norah sich wieder hinzustellen und bekam Halt von dem Mädchen vor ihr. War dies etwa alles wahr?

„Das habt ihr gut gemacht. Jetzt reicht es aber.", sagte eine weitere Stimme. Es war die von Frau Rüdinger. Mehrere Taschenlampen waren nun auf sie gerichtet und Norah konnte sogar ein leichtes Grinsen auf ihrem Gesicht erkennen. Ihre ganze Bluse war allerdings immer noch völlig blutverschmiert, dennoch lebte sie.

„Ach, Norah! Es tut mir so leid.", sagte Erik lachend, ging auf seine Freundin zu und nahm sie in den Arm. Sie konnte sich kaum noch auf den Beinen halten und hatte einen leichten Schock. Auch alle anderen gingen jetzt zu ihr und machten sich einen großen Spaß daraus, wie Norah auf sie hineingefallen war.

„Ihr seid doch alle tot.", brachte Norah nur heraus und hielt sich weiterhin an Erik fest. Die Gruppe musste nur noch mehr lachen und hielt ihr eine rote Flasche vor das Gesicht. Norah erkannte sofort, dass es sich hierbei um eine blutähnliche Farbe handelte und alles nur ein Scherz war – oder wie man das auch nennen sollte.

„Ich hoffe, du kriegst jetzt endlich deinen panischen Gesichtsausdruck hin. Ich hatte dich ja vor einer guten Stunde schon darauf vorbereitet, dass wir das heute Nacht noch üben werden." Alle mussten lachen – selbst Norah.

Die letzte Welt

TEIL I

Es war eine kalte und regnerische Nacht. Die City pochte wie immer in ihrer monotonen Existenz aus Stahl und grauem Glas. Der Regen perlte von der Scheibe vor der ich stand und mich musterte. Ein langer dunkelblauer Trenchcoat, ein schwarzer Schal und eine rahmenlose Brille. Viel unauffälliger ging es wirklich nicht. Meine kurzen schwarzen nach hinten gekämmten Haare waren mittlerweile durchnässt, aber das machte auch nicht mehr den Unterschied. Die schwarze Aktentasche fester gepackt drehte ich mich wieder zur Straße hin und blickte auf den Weg vor mir. Kaltes Neonlicht, Dampfschwaden die aus Kanaldeckeln hervorkrochen und das gleichmäßige Rauschen des Regens, wie er auf den toten Boden von Menschenhand prallte. Kein Wunder das man mich hierher geschickt hatte. Diese verlassene Wüste, widerwärtig vom Anblick alleine schon. Ein Ort der nichts anderes kannte als leere Worte und vergessene Träume.

Ein heruntergekommener Mann, der sein Leben damit vergeudet hatte nach den Sternen zu greifen ohne je aus dem Fenster zu schauen stierte mich an, als ich wortlos vorüberging. Um diese Zeit war hier wohl für gewöhnlich niemand außer dem Wachpersonal.

Zwei Blocks weiter kam ich an einem Kiosk vorbei, die Zeitschriften auf ihren Brettern hinter dünnem Zellophan vor dem Regen versteckt und zwei Glühbirnen im Inneren, die um die Wette flackerten. Es folgten die üblichen After-Hour-Läden mit Gläsern die wahrscheinlich viermal so teuer waren als ihr Inhalt wert war und Kunden die den Eindruck hatten sie gehörten jetzt zu einer besseren

Gesellschaft. Kaltes und künstliches Gelächter im immerwährenden Versuch, sich die Droge des Erfolgs noch exzessiver zu gönnen. Vorbei an zahllosen Boutiquen, widerwärtig entstellten Schaufensterpuppen und denen die ihnen ähnlich sahen, aus Plastik waren und wirklich hinter den Schaufenstern standen. Das Gelächter war verklungen, nur noch das kalte Licht warf alle möglichen Reflektionen auf Asphalt, und war in Fensterscheiben, Hauseingängen und Zierpfählen zu erspähen. Alles andere war grau.

Ich kam an der 19en Straße an und sah mich um, spürte den fauligen Abklang der von den Straßen die ich soeben hinter mir gelassen habe noch immer im Nacken sitzen. Ob in dieser ganzen Stadt auch nur ein Fleck davon unberührt ist? Raue, dreckige ehemals gelbe Wände eines Wohnhauses zeichneten sich vor mir ab, eine leicht schief wirkende Hausnummer gab mir zu verstehen, dass ich angekommen war. Die regennassen Klingelschilder waren nicht mehr wirklich zu entziffern und dem Anblick nach würde die Elektrik auseinanderfallen wenn man sie auch nur zu lange ansehen würde. Was soll's, es war nicht der angenehmste Teil meiner Arbeit, aber wenn ein Rückruf kam, dann musste ihn jemand ausführen. Und dieser jemand war heute ich.

Ich öffnete die Tür und betrat ein, freundlich gesagt, zweckmäßiges Treppenhaus, marodes Holz zierte jeden meiner Schritte mit dem Klang fast brechender Balken. Zwei Wohnungen pro Stockwerk, stumme Türen aus schlecht lackiertem Spann. Als ich vor der besagten Tür stand hinter welcher meine Aufgabe auf mich wartete, hielt ich einen Moment lang inne um das Gefühl des Raumes in mich aufzunehmen und es verstrichen einige Sekunden. Ich musste einige Male klopfen bis ich Regung hinter der Tür wahrnahm, sich eine Kette in ihre Schiene schob und die Tür sich langsam öffnete.

TEIL II

Stille. „Hallo Richard", flüsterte ich nahezu unhörbar. „Wer sind Sie und was wollen Sie von mir um diese Zeit?", das Beben in der Stimme war über mit Angst und einem leichten Anflug von Wut – etwa dem Hauch einer Messerspitze von Wut in einem Suppentopf voller Furcht. Mein Ton wurde fester: „Lass mich rein!"

Die Tür schwang zu, die Kette klimperte Kurz und die angst- und hasserfüllten Augen eines Verstandes der die Kontrolle über seinen Körper verloren hatte starrten mich aus in diesem Licht befremdlich wirkenden Augenhöhlen an. „Geh zurück und setz Dich!", zischte ich ihm entgegen, als ich mir den Weg hinein bahnte und die Tür hinter mir ins Schloss fallen ließ. Eine gelbbraune Streifentapete und Möbelstücke aus dem hiesigen Wal-Mart, einige Einzelstücke aber auch aus betagtem Holz. Hat sich wohl von einem Antiquar bequatschen lassen. Die wenigen Lichtquellen die in diesem Rattenloch noch in Betrieb waren hatten ihre beste Zeit schon hinter sich. Eine Glühbirne die lose in einer Fassung von der Decke baumelte und den größten Aufwand hatte die Reste von Insekten an der Decke festzubrennen tauchte den Raum in ein tristes und schattiges Licht.

Er saß – ein erbärmliches Bild – in einer grauen Boxershorts die ihm eine Nummer zu groß war, einem weißen Unterhemd und Hausschuhen auf einem grünen Sofa. Er hatte kurze, nach hinten gekämmte schwarze Haare und trug seine Lesebrille. Neben dem Sofa stand eine kleine Lampe auf einem Couchtisch und warf ihr fahles Licht auf das Wirtschaftsteil der Washington Post. „Ich werde Deine Zeit nicht vergeuden, vergeude Du auch nicht meine. Ich bin nur wegen einer einzigen Sache hier und dann werde ich wieder gehen. Du hast einen Haufen Fragen, Du wirst mir aber nur eine stellen. Denke sorgfältig darüber nach, denn die Antwort wird das Einzige sein woran Du dich erinnern wirst, wenn ich erst gegangen bin."

Mit diesen Worten überließ ich ihn zunächst dem Wahnsinn seines eigenen Verstandes und ging in die Küche. Der Gestank von umgekipptem Schnaps und Essensresten schlug mir ins Gesicht nachdem ich einigen bedrohlich anmutenden Pizzakartons ausgewichen war. Die einst weißen Gardinen vor dem vergitterten Fenster sprachen Bände über seine Sorgsamkeit, wie auch der Rest seines Domizils mir eine Menge über das verriet, was er geworden war.

Es muss ihm wie eine Ewigkeit vorgekommen sein, dieser kalte starre und fast schon leblose Blick, Angstschweiß und unkontrolliertes Zittern in den Händen. Erbärmlich. Kaum zu glauben, dass es jemals in seinem Leben eine Zeit gegeben hat, wo er anders gewesen war. Seine Vergangenheit ist vorbei und ich werde die letzten Spuren davon auslöschen. Einige Pappkartons und Kisten später fand ich was ich suchte. Achtlos eingepackt in alte Zeitungen, irgendwo vergraben in den hintersten Ecken der Rumpelkammer, da war es.

Ein dunkelgrüner Truck aus Blech, mit kleinen Plastikrädern und einer durchsichtigen Scheibe zum Fahrerraum. Der Lack war schon abgerieben an einigen Stellen aber an sich hat dieser kleine Lastwagen die letzten Jahre ohne Schaden überstanden. Als ich kurz die Augen schloss und ein Teil der Erinnerungen in mich einsanken, konnte ich es sehen. Ich konnte verstehen warum er ausgerechnet dieses Spielzeug am liebsten hatte. Ich sah ihn vor mir wie er – mag es auch Jahre her sein – damit eine Tischkante entlangfuhr. „Warum erinnert er sich nicht mehr an Dich?", fragte ich wohl einen Deut zu laut und hatte schon fast vergessen, dass ich in dieser Welt von dem kleinen Truck keine Antwort bekommen würde.

Ich ging in den Raum zurück den ein Innenausstatter mit Sicherheit nicht als Wohnzimmer bezeichnen würde und sah ihn an. Ein weiterer von ihnen. Nicht mehr und nicht weniger. Wieder jemand, der vergessen hat was ihm am Herzen lag und seine Träume an die Zeit verkauft hat die er nicht mehr erleben wird. Wieder jemand der nachts schreiend aufwachen wird und seine Hände in irgendeine Richtung streckt nur um zu merken das dort nichts mehr ist. Ich fragte mich ob er sich nicht manchmal auch fühlt wie der grüne Lastwagen. Keinen Zweck, niemand dem er Freude machen kann, keiner der um ihn weinen würde wenn er plötzlich nicht mehr da ist. Verlassen und in der Ecke zum verfaulen verdammt weil es niemanden weit und breit gibt, der mit ihm irgendwas anzufangen weiß. Zehn zu eins hätte ich gewettet, dass er sich jeden Morgen so fühlt. Aufsteht und anfängt jeden Tag aufs Neue zu vergessen was er eigentlich tut.

„Hast Du Dir eine Frage ausgesucht?" Ich sah ihn an und löste meinen Griff von ihm. Zunächst erstaunt über die prompte Rückkehr seiner Körperteile unter seinen Befehl blickte er mich irritiert an. Als er nach einigen Augenblicken die Fassung wiedergewonnen hatte, schüttelte er den Kopf, sah mich befremdet an und fragte: „Was zum Teufel bist Du?"

Zugegeben, nicht besonders einfallsreich. Er hätte mich auch nach allem anderen fragen können und sich doch keine Frage aussuchen können deren Antwort er weniger begreifen würde. So sind solche Menschen wohl, sie fragen nach dem was sie am wenigsten verstehen in der leisen Hoffnung, wenn sie die Antwort erst mal haben, sich alles andere was sie nicht verstehen von alleine erklären lässt. Besonders weise waren sie noch nie.

„Ich bin der Regen dieser Stadt, ich bin das Feuer dieser Welt, ich bin die Seele dieser Zeit und doch nicht mehr als das leise Klopfen Deines Herzens." Ich hob meine Hand auf seine Augenhöhe und begann damit seine Erinnerungen zu vertilgen, eine nach der anderen. Bis auf diesen letzten Satz, meine Anwesenheit, sein Blicken durch den Türspion, seine Gedanken irgendwas im Treppenhaus gehört zu haben, zurück bis zu dem Zeitpunkt wo er vor dem Sofa an seiner Zeitung gesessen hatte. Dann fuhr ich weiter zurück. Ich strich alles aus seinem Gedächtnis, was ihm von dem kleinen grünen Spielzeugtruck geblieben ist, jedes einzelne Bild. Die mit den Bildern verbundenen Gefühle die in ihm verblieben sind, ließ ich unberührt. Die würden von Zeit zu Zeit wiederkommen, wie man eine Narbe nach einer frischen Operation immer wieder spürt weil die Haut empfindlicher ist.

Ich schickte ihn schlafen, stellte eine fast leere Schnapsflasche und ein Glas neben das Sofa und breitete die Zeitung über ihm aus. Seine Lesebrille hatte in seiner Hand ihren Platz gefunden und als ich ging war das einzige was mich verabschiedete das fahle Licht der Leselampe.

Draußen goss es noch immer in Strömen und ich begab mich zurück zum Sprungpunkt, noch war die Rückführung nicht beendet, aber ich sollte wieder ein wenig ruhen. Es ist jedes Mal ein ziemlicher Kraftakt diese Emotionsflut von seiner eigenen Erinnerung zu trennen und die meisten von uns bekommen noch innerhalb der ersten dreißig Jahre den einen oder anderen Schock ab und verlieren die Kontrolle über ihre Fähigkeiten in manchmal gefährlichem Maße. Wenigstens hat der kleine Laster noch einige Abenteuer vor sich und so finster waren die Erinnerungen zum Glück auch nicht. Es gab eine Zeit in der ihn jemand gebraucht hat. Er hat ihn gebraucht und er war da.

TEIL III

Ich erreichte den Sprungpunkt ohne dass irgendetwas Erwähnenswertes passiert war. Was sollte an einem solchen Ort schon passieren? Der ungezierte Parkplatz eines Firmengebäudes der Norbridge Company, leise vor sich hin tropfend waren die Tränen der Wolken - und nicht weit ein karg beleuchtetes Foyer mit einem gelangweilten Nachtwächter. Irgendwo in der Ferne gaben Sirenen ihr Geheule zum Besten, irgendwer aufgeregt, gehetzt – aber das war zu weit weg. Ich trat an die Mauer des Gebäudes die im Dunkeln lag und begann zu flüstern. Einige Momente lang kaute ich die Silben - eine nach der anderen, die Silben die nichts anderes waren als mein eigen Fleisch und Blut. Ich schloss meine Augen und holte einen Block Wachsmalkreide hervor mit dem ich sogleich zu zeichnen begann. Wenige Sekunden später war das Muster vollendet und ich trat mit noch immer versiegelten Augen einen Schritt vor in die nächste Welt.

Eigentlich müsste ich mich längst daran gewöhnt haben, aber es ist immer wieder erstaunlich wie rein man durch so einen Sprung wird. Der ganze Dreck, der ganze Hass der letzten Ebene, der an mir haftete, die ganze Verzweiflung unbändiger Ausweglosigkeit – alles wie fortgespült. Es ist so als würde man in eine Flüssigkeit eintauchen, die einen auf wohltuende Art und Weise zu zersetzen scheint, bis nur noch das übrig ist was man sich selbst nennen kann. Die Geräusche verkommen zu einem dumpfen Beben, alles was von ihnen bleibt ist nur noch das leise Widerhallen im eigenen Kopf. Schemen und Farben tanzen wirr in einem endlosen Tango aus Funken und Schatten zu einer leisen Melodie, die aus dem Nichts zu kommen scheint.

Licht, warmes, trockenes Licht. Ich war zurückgekehrt. Ich schlug die Augen auf, blickte mich um und es war als hätte ich meine Heimat niemals verlassen. „Hast Du es geschafft?", eine sanfte Stimme, warm und freundlich. „Ja, ich habe ihn dabei. Ich hatte noch keine Gelegenheit mich mit ihm auszutauschen, Du glaubst nicht, was das mittlerweile für ein verpesteter und heruntergekommener Ort ist." Serene schmunzelte ein wenig: „Doch, das glaube ich. Ich war auch vor einer Weile schon mal dort und ich kann nicht behaupten die angenehmsten Erinnerungen behalten zu haben!"

Sie war von hohem Wuchs und anmutig wie ein Engel der das Licht der Sonne als Kleid trägt. Ihr langes goldenes Haar schwebte wie ohne Schwere um sie und verlieh ihr ein Zeitloses Antlitz. Es war mir schon immer eine Freude gewesen, mit ihr zusammenzuarbeiten. Die anderen teilten ihre Kraft von dieser Welt aus nur sehr vorsichtig und fast geizig mit denen die auf den anderen Ebenen unterwegs waren. Sie nicht. Serene war vielleicht ein wenig unerfahren, aber sie wusste wenn ich auf sie zurückgreifen musste, hatte ich mehr als einen guten Grund dazu.

„Ich werde mich nun zurückziehen, Du wirst sicher mit unserem Gast sprechen wollen, bevor Du ihn zur Insel bringst – ich werde die Zeit nutzen um wieder zu Kräften zu kommen.", sagte sie sanft – wie es ihre Art war – und verließ den gleißend hellen Raum. Ich stand auf, legte meinen Mantel, die Aktentasche und den anderen wertlosen Plunder auf die Liege und suchte mir meine Habe zusammen. Als ich bereit war, holte ich den kleinen Lastwagen aus seiner Packung, setzte mich auf den Boden und fing an mit ihm kleine Strecken entlangzufahren. „Sprich zu mir!" Ich ließ ihn kreisen, auch ein wenig über Unebenheiten auf dem Boden fahren. „Sprich zu mir, wir sind angekommen!" Ich parkte ihn direkt vor mir und legte meine Fingerspitzen der Länge nach an ihm entlang. Einige Male tief durchgeatmet, Augen geschlossen fühlte ich nach ihm.

Freude! Ein Schlag wie von einem Hammer schmetterte mir entgegen. Purer Enthusiasmus, fast Euphorisch – wie Filmausschnitte vor mir: Räder, die sich drehen, kleine Plastikräder – der Fahrerraum der sich nach rechts dreht um die Last selbst ihm zur Folge einzuladen. Das Geräusch von quietschenden Reifen und einem schweren Motor, nachgeahmt von einer Kinderstimme.

Ich saß mit dem Rücken zur Wand gepresst mit weit aufgerissenen Augen und starrte auf den kleinen Truck vor mir. Er rollte langsam auf mich zu und dann vor mir auf und ab. „Willkommen daheim, Kleiner! Kannst Du sprechen?" Der Truck schob die Fahrerkabine nach links und rechts, noch immer gefangen in den Mimiken für Ihn nun vergangener Zeiten. „Das wird wieder! Lass uns zur Insel aufbrechen."

Oft können Rückkehrlinge oder Seelen die eine Weile fort waren sich nicht auf Anhieb an die ‚neue' Situation anpassen. Es dauert immer ein wenig bis sie ihre gesamte Erinnerung zurückerhalten und sich zurechtfinden können. Eigentlich könnte der kleine grüne Lastwagen jetzt schon seine ursprüngliche Form annehmen, aber er war wohl viel zu lange so wie er jetzt ist, als das er sich noch etwas anderes für sich vorstellen könnte. Ich stand auf, hob ihn hoch und machte mich auf den Weg hinaus. Das Zollhaus ist einer der interessantesten und wunderbarsten Orte die ich je gesehen habe, aber für meinen kleinen Freund ist das für den Anfang ein wenig zu viel.

Zu Fuß über die Wiese zum Steg, dann weiter auf die Insel. Ein hübscher kleiner Spaziergang. Am Ausgang wartete Serene schon auf uns und wollte uns ein Stück begleiten. „Ich habe gehört, dass in der anderen Welt Trauer und Wut mittlerweile das Gleichgewicht aus den Fugen reißen. Stimmt das?", sie klang leicht besorgt, wenn ich auch nicht auf Anhieb sagen könnte weswegen. „Es ist ein abstoßender Ort. Da ist es bei den Toten fast schon behaglicher. Ich hätte nie gedacht das ich jemals etwas so trostloses und haftendwiderliches vorfinden würde." Sie schien von meiner Antwort ein klein wenig enttäuscht zu sein. „Wieso fragst Du?", die Neugier ließ nicht locker und bohrte sich immer tiefer in mich hinein. „Es heißt, wenn die letzte Welt eines Tages nichts als Schmerz kennt wird sie die anderen mit ihrem Gift überfluten.", sagte sie leicht traurig. Allmählich dämmerte es mir, warum sie so besorgt schien. Ich habe schon lange nichts Gutes mehr von den Orten gehört, die in jener Ebene von anderen bereist wurden und wüsste selbst auch nichts Aufbauendes zu erzählen. Aber es könnte stimmen, mit ihrer fauligen und hasserfüllten und nicht anders als krank zu bezeichnenden Art könnte das was von ihr noch übrig ist alles andere aus den Verankerungen reißen. Genug Energie hatte sie potenziell.

Ich konnte es deutlich spüren. Ein Szenario das mir überhaupt nicht gefiel.

„Wovor hast du Angst?", sie riss mich aus meinen Gedanken die wohl zu offensichtlich waren. Ich schaute sie verdutzt an, bis mir wieder bewusst war, wo ich mich hier eigentlich befand. Natürlich sah sie das ich Angst hatte, genauso wie man es einem Fisch im Glase ansieht das er kalt und glitschig ist. So fühlt es sich auch an. „Ich will nicht, dass es so kommt und doch kann ich dem nichts entgegensetzen." Mittlerweile standen wir am Steg und sie legte den Kopf an meine Schulter. „Glaubst Du das Ende der Dinge wie sie sind ist nahe?", flüsterte sie fast unhörbar. Ich nickte nur leicht, Worte würden nicht reichen ihr all das zu zeigen was ich gesehen und gespürt, gerochen und gekostet hatte in der kurzen Zeit die ich dort war. Und wenn ich es irgendwie verhindern könnte, dass sie es je erfahren muss, dann würde ich es. Doch das stand leider nicht in meiner Macht.

TEIL IV

Ein Floß setzte uns über und wir spürten den weichen gewärmten Sand unter unseren Füßen. Ich bedankte mich wie es Sitte war mit einer verbeugenden Geste beim Wasser und wir bewegten uns ein wenig landeinwärts. Ein Palmenhain, die Blätter alle gen See gestreckt, Sand und Küste soweit das Auge reichte. Hier und dort traf man auf einen kleinen funkelnden Stein, eine Puppe oder ein Plüschtier. Sie lagen und sonnten sich. Wenn man genau hinsah, konnte man sogar sehen, wer von ihnen schon eingeschlafen war und wer noch nicht. Eine Kleinfamilie aus sieben Holzenten warteten Welle für Welle um ein wenig das Nass zu erkunden und ein großes Nashorn aus Holz baute eine Burg aus bunten Steinchen die alle viereckig waren.

Die Insel war ein Wohnort für alle verlorenen Spielzeuge die es je gegeben hat. Manchmal, wenn ein Kind seinem Liebling entrissen worden ist, wurde ihm gestattet in seinen Träumen hierher zu kommen und es zu besuchen. Mit dem Wandel der sich allerdings jüngst vollzogen hatte, wird die Erinnerung getrübt, wenn nicht gar ausgemerzt. Die Kinder beginnen schon viel zu früh zu vergessen und die Spielsachen werden nicht mehr so oft gebraucht.

Jeder der diese Ebene seine Heimat nannte, konnte spüren wer sie waren, die kleinen Geschöpfe, konnte spüren was sie erlebt haben und wenn man sie berührte es sogar deutlich sehen. Die meisten von ihnen waren einst Seelen gewesen, die wenig Freude erfahren haben, also kehrten sie zurück in ihre ursprüngliche Welt um das zu genießen was kaum ein Mensch so wahrnehmen kann: die reine Liebe eines Kindes, seine Phantasie und seine Freude. Sie lernten das Teilen, sie lernten Trost zu spenden und einige konnten den Kindern sogar etwas beibringen ohne auch nur ein Wort zu verlieren.

Doch nach Jahren dieses Daseins wurden sie vergessen, ersetzt oder einfach verloren. In manchen Fällen sogar beseitigt. Und jetzt sind sie hier. Manche warteten darauf, besucht zu werden – oft reichte nur ein einziger Gedanke eines jetzt erwachsenen Kindes an die Zeit zurück um das Gefühl der Hoffnung nach Wiederkehr zu alten Zeiten in ihnen zu wecken. Hoffnung kann eine sadistische Illusion sein, wenn man mit ihr das verbindet was man am meisten liebt.

Dem Schüler namens Hoffnung ist kein Lehrmeister der Welten je gewachsen gewesen, weder im Leben – noch danach. Aber zuweilen kehrten sie zurück. Viele von ihnen blieben jedoch hier in der Annahme genau das zu sein, was sie schon immer sein wollten – und sie fragten sich jeden Morgen aufs neue was jetzt nicht mehr so ist wie früher. Ich hoffte nur meinem neuen Freund würde es anders ergehen und er würde sich bald erinnern, an das was er war und warum er so geworden ist, denn sein Kind habe ich gesehen und ich weiß das es nicht mehr zurückkehren wird. Aber wie könnte er das wissen?

Ich setzte den kleinen grünen Truck auf den Sand und er begann kleine Sätze nach vorne zu wagen. Einige Male fuhr er im Kreis und hielt vor mir an. Er fühlte sich wohl. „Wenn Du soweit bist, dass Du mit mir sprechen kannst und ein wenig mehr über Dich weißt, denk an mich und ich komme zu Dir." Ich fuhr mit meinem Finger auf dem Dach der Fahrerkabine entlang und er fühlte nach mir. Er war unsicher und hatte Angst, dass ihn niemand mehr haben wollte. „Mach Dir keine Sorgen.", versuchte ich ihn zu beruhigen, „Ich kann Dir nichts versprechen außer das Du keine Angst mehr zu haben brauchst.

Du bist hier und ich bin auch nicht weit weg." Er war immer noch sehr aufgebracht, zuckte nach vorn und zurück wie ein Schwimmer an dem ein Fisch angebissen hatte. Ein kleines Greifen in meine Richtung – ich fuhr noch mal mit meinem Finger an ihm entlang und nickte. Dann drehte er sich ab und fuhr erst langsam, dann immer schneller werdend davon. In meinem Inneren klumpte sich ein großer schwerer Ball zusammen, der mir das Gefühl verlieh, etwas Finsteres zu erahnen, ohne dass ich es näher ausmachen konnte.

„Du fühlst Dich unwohl. Du bist schwach. Wir müssen zurück.", Serene hatte wieder diesen besorgten Gesichtsausdruck, der an ihr fast schon unnatürlich aussah. „Ich weiß. Ich konnte ihn nicht einfach so gehen lassen. Wenn andere sich nicht um ihre Rückruflinge kümmern, ist mir das gleich. Aber ich lasse meine Arbeit ungern halb getan!"

„Jede Verbindung kostet Dich Kraft. Heute hast Du sie nicht! So einen Sprung durchzuführen – und auch noch in diese Stadt – die Rückkehr, die Insel…", sie klang wieder wie mein schlechtes Gewissen. „Immer noch besser als ihn einfach auszusetzen mit nichts weiter als einem ‚gute Reise wohin es auch gehen mag' wie es einige andere gern tun!", entgegnete ich. „Ich weiß warum Du es tust und ich verstehe es auch, ich will nur nicht, dass Du Dich selbst auflöst. Bitte bleibe hier bei mir."

Gar nichts wusste sie. Ich habe diese Geschichte so tief in mir vergraben, dass noch nicht mal ich mehr alles wusste. Sie hatte wohl einige Eindrücke mitgenommen als wir uns das letzte Mal in eins gossen, aber ich konnte sie nicht damit in Berührung kommen lassen. Dieser Schmerz, diese unendliche Leere – das konnte ich ihr nicht antun. Sie hatte Recht behalten. Der Hass und Zorn der letzten Welt würde alles verderben, wenn er nur könnte – selbst das Gran in mir würde schon reichen um dieses klare Wasser zu trüben, diese endlose Schönheit der Dinge um mich in einem Atemzug zu Asche zerfallen zu lassen. Das darf nicht geschehen.

Schweigend fuhren wir zurück und ohne einen Laut zu verschwenden begaben wir uns auf einem kleinen Trampelpfad in Richtung Siedlung. Ich habe das alles vermisst. Jedes Mal wenn ich hier gewesen bin, schien es fast selbstverständlich. Der süße und frische Duft der wachsenden Kräuter, die klare und kühle Brise die vom Ozean her landeinwärts weht. Serena. Alles das war für mich so schön und gewöhnlich zugleich. Wohl war, eine Perversion des Geistes sich nicht ständig an ein und demselben erfreuen zu können.

Jeden Moment an dem ich fort war hätte ich gewünscht ich wäre genau hier gewesen, genau da wo ich jetzt stand. Und so ungern ich es mir eingestehen wollte, ich habe einen großen Teil der Verplombung mitgenommen als ich heimkehrte. Doch vielleicht war das nur Einbildung – dieser Tag hat mich enorm viel gekostet an Kraft wie auch an Form, vielleicht aber war ich einmal zu viel in der letzten Welt gewesen. Ich musste ruhen.

TEIL V

Ein kleines Zimmer, spärlich eingerichtet. Es ist Nacht. Der Mond lässt seine kalten Strahlen durch das Fenster rieseln und die gespenstischen Finger und Klauen des Baumes vor dem Fenster ziehen ihre unheimlichen Schatten auf und ab. Stille. Nur ein leises Ticken von einem Wecker auf dem Nachttisch, die Zeit in ein präzises Werk aus Zahnrädern und Endlosigkeit gepresst. Die Gutenachtgeschichte einer Kleinstadt irgendwo zwischen Oblaten und kaltem Tee, in einem vierstöckigen Haus, einem Stapel Ziegel und Holz.

Draußen beginnt Lärm. Der Lärm einer Nacht die Feuer entfachte und einen Sturm aus Zorn und Tod über die kleine Stadt brachten wie sie ihn noch nie gekannt hatte. Und das alles spürte ich schon im Lärm – das Sterben, die Verzweiflung – er brachte sie mit... Im Beben der rasselnden Raupen des Tigers.

Schreie in einer unbekannten Sprache. Ich musste sie nicht kennen um zu verstehen worum es ging. Donnersalven, noch mehr Schreie, diesmal Angst und Schrecken. In keiner Sprache die man kennen musste um sie wahrzunehmen. Rennende Leute, Verwirrung und Unschlüssigkeit, wie eine Welle aus Wahn und gefrorenem Zucken das einem den Rücken hinaufläuft und im Nacken stecken bleibt wie ein Kloß im Hals. Ein Geschwür aus Finsternis und Bedrohung in ruhendem Gewebe, in Ruhendem und nichts als den Zweck kennenden Geflecht.

Da kommen sie, sie holen den Kleinen noch schlafenden Körper aus der warmen Wiege des Sandmanns. Er greift nach mir, nimmt mich mit und drückt mich an sich in der Hoffnung wieder in den Schlaf zu sinken in dem er gerade noch schwebte. Er träumte davon an einem Bach mit seinem kleinen Holzboot zu spielen und hatte dann einen Fisch erblickt, der ihn ansah und das Boot schaukelte. Aus der Traum. Wachgerüttelt durch Bewegung, hektische unsanfte. Kälte kriecht langsam in die müden Glieder und lässt ihn sich winden. Der eisige Hauch des Herbstes fegt den vier verstörten und verängstigten Gestalten um mich Laub ins Gesicht und um die Füße.

Wieder Schreie, Anweisungen. Kalter Stahl fordert sie auf voneinander getrennt Aufstellung zu nehmen. Die Kleinen werden von den Alten getrennt und in einer Gruppe mit Ihresgleichen aneinander gepfercht. Der Große weigert sich. Er kommt auf uns zu und will nicht fort. Ein Donnerschlag, seine Augen erstarren und er kippt langsam beiseite wo er stand. Die letzten Bewegungen lassen das Leben aus seinem Körper weichen und ein weiterer Donnerschlag jagt seine Seele endgültig hinfort.

Noch mehr Schreie. Schmerz. Unverständnis, Angst und Schmerz. Seine kommt zu dem verlassenen Körper, wirft sich auf die Knie und drückt die leblose Hülle an sich und greift nach ihm. Verlassen in dem Wahn ihn nicht mehr spüren zu können zerbricht sie. Wie eine Blüte die im Zeitraffer ihre Blätter welk werden lässt und in sich zusammensinkt um auf den letzten Herbst zu warten der ihr bevorsteht. Wieder ein Einschlag. Wieder sinkt ein Körper leblos zusammen als ihm das entwich was ihn zu dem machte was er war. Vergnügen. Bizarres und widerliches Vergnügen.

Da stand er, der Stahl in seiner Hand rauchte in lebensverachtenden Schwaden. Da stand er und lachte die Schöpfung aus. Widerwärtig. Sein Geist war vergiftet, ein Schleier aus undurchdringlichem Dreck, einer Mischung aus seelischer Konditionierung und finstrer Begierde. Die Geliebte sein war die Macht über den Tod anderer, wenn sie ihm auch die Macht über seinen eigenen zu versprechen schien. Sie heizte ihn von innen mit einer Flamme die sich von Zorn und Elend ernährte und spielte ihm vor ein warmes Lichtlein zu sein an das er sich immer setzen und in dem er Frieden finden könnte. Und so tauchte er ihn immer weiter in den verfaulenden Sud, bis von seinem innersten nur noch ein Kadaver einer Seele übrig geblieben.

Fassungslosigkeit und Angst, die herausgerissene Wurzel eines Setzlings. Ein einziger nimmer endender und wollender Alptraum, wie die letzte Leinwand eines Künstlers, der nichts weiter hat. Zerrissen und in Fetzen gefasert noch bevor er den ersten Pinselstrich beenden konnte. Verzweiflung und ohnmächtige Wut. Ich wurde ihm entrissen. Kam auf einen Stapel verschiedener Dinge. Weggezerrt. Eingesperrt. Einem Vogel wie von kalter Angst gepackt gleich, der sich gegen die Gitter seines Käfigs schmettert. Ein kalter Schmerz, das Einfrieren von allem was einst war. Und dann Leere.

Eine Hand griff nach mir und das Gefühl in ihr klang wie „Still, nicht bewegen!" Ein ruhiges und dennoch entschlossenes Dasein packte mich aus dem Gebirge lebloser Dinge. Gelbes Licht aus einer kleinen Birne, mit Gittern beschlagen – fast wie ein Vogelkäfig – an der Wand festgezimmert. Der,

der mich mit sich nahm war nicht unvorsichtig. Er bewegte sich leise und bedacht. Lärm kam von unten und er schien zu spüren dass er da nicht unbemerkt entkommen konnte. Worte. Kratzen. Die nächste Bewegung tauchte mich wieder in endlose Verzerrung an Erinnerungen, in eine Spiegelwelt aus tausenden winziger Splitter. Licht.

An der Brandung wartend bis mein Kind mich besucht. Vergebens. Von jener Nacht wird er nicht viel behalten was es sich in Erinnerung zu holen lohnt. Und mich wird er nicht am meisten vermissen, denn ich war nicht das was er am schwersten verloren hat. So vergingen Zeiten, an denen ich nicht wusste wer ich war. An denen ich es nicht wissen wollte. Und die anderen merkten schnell, dass ich viel zu viel mitgebracht habe. Sie brauchten mich nicht, sie mieden mich und so wartete ich.

Als ich wieder erwachte konnte ich Serene bei mir spüren. Sie hatte sich um mich gelegt wie ein Tuch aus Samt. Ich muss wohl wieder meine Form verlassen haben als ich mich den finsteren Träumen meiner selbst hingegeben habe, ohne wirklich zu ruhen. Aber jetzt kann ich es. Einen Augenblick lang für die Ewigkeit. Ich schloss die Augen und verband mich mit ihr.

TEIL VI

Ich erwachte langsam und spürte die innere Wärme meiner Welt. Sie hat in mich zurückgefunden und ich richtete mich auf um den Tag zu empfangen. Serene war schon fort, hat aber ein Gefühl des Wohlseins hinterlassen das ich den ganzen Tag mit mir und in mir tragen konnte. Ich nährte mich an ihrer Hingabe, ließ unsere Verbindung und die endlose Ruhe die darauf folgte noch einmal meinen Geist in Beschlag nehmen. Eine Weile Schwelgens später nahm ich solide Gestalt an und begab mich zum Zollhaus.

Es war ein Morgen wie ich ihn selten so verspielt erlebt hatte, selbst die Steine wussten eine Geschichte zu erzählen. Das leise Rauschen der See und die Wogen die langsam und unaufhörlich den Sand hin und her schaukelten ließen mich an meinen Gast denken. Er hatte noch nicht an mich gedacht seit er hier war, das hätte ich gespürt. Aber er war nicht in Sorge oder Trauer, er war – so hatte es zumindest den Anschein – zufrieden.

Als ich am Zollhaus angekommen war, sah ich Serene und einige andere die Aushänge lesen. Die meisten waren nur für die Reisenden von Belang, aber einer hatte wohl ihre Aufmerksamkeit erregt. Ein Hüter war verschwunden, kurz nachdem er seinen Dienst angetreten hatte. Eigentlich nichts ungewöhnliches, da die Hüter sich oft in den Zwischenwelten aufhalten um den einen oder anderen verunglückten wieder dahin zu schicken wo er hingehört. Seltsam war nur die Tatsache, dass sein Entsprecher – sein Verbindungswesen in dieser Welt – den Griff nach ihm verloren hat. Wenn so etwas passiert, wird er für gewöhnlich zurückgerufen, aber dieses Mal konnte niemand so recht sagen wo er sich befand. Und ohne Ziel ist ein Rückruf praktisch von vorneherein zum Scheitern verurteilt.

„Es ist das erste Mal seit über 400 Jahren das so etwas passiert ist!", sagte mir Serene als wir wieder ein wenig unter uns waren. Ich spürte ihre Besorgnis, ließ mir diesmal allerdings nichts anmerken. „Man hat bestimmt schon alles versucht um ihn zu finden, oder? Ich kann mir nicht vorstellen, dass er einfach so verschwunden ist." „Der Entsprecher hat gesagt, der Kontakt wurde einfach abgerissen. Als wären sie in einem Moment noch verbunden und im nächsten – er war einfach weg!", sie wurde blasser. Kein gutes Zeichen. „Was ist das letzte Mal passiert als einer der Hüter verschwunden ist?", hakte ich nach. Eigentlich wollte ich nicht weiter fragen aber die Neugierde ist eine meiner Misstugenden die ich nie so wirklich überwunden habe. Einen Augenblick ist sie still als wäre sie nur ein Ausgedachtes – wie ein Wort dessen Bedeutung man kennt, im nächsten ist sie wie ein Anker der unaufhörlich an mir zu zerren scheint. „Davon wissen nicht viele, kaum einer hier ist alt genug als das er es selbst erlebt hat. Ich habe es von zwei Älteren erspürt, wie eine Vorahnung, aber doch nicht mehr als ein verirrter Gedanke. Sie suchten ihn beide zu vergessen, wie ein Kind eine Schauergeschichte vor dem Einschlafen vergessen will."

Ich spielte mit dem Gedanken den Weisen zu befragen, aber er selbst würde mit Sicherheit nichts als Rätsel von sich geben. Warum sollte jemand der fast so alt ist wie diese Welt sich die Mühe machen, seine Worte für die Jugend in kleine verdaubare Häppchen zu reißen die sie für sich alleine genommen sowieso nicht voll erfassen könnten? Und doch wollte ich es wissen und es gab einen Ort an dem ich die Antwort erfahren würde. „Du musst mir helfen einen Sprung durchzuführen!", gab ich recht verschlossen von mir. „Einen Sprung? Du doch hast eben erst einen hinter Dich gebracht. Keiner wird Dir einen Sprung erlauben!", klang es von ihr, doch eigentlich wusste ich das sie mir in Wirklichkeit die Verschlossenen Gedanken wesentlich übler nahm als alles worum ich sie je hätte bitten können.

„Ich kenne unsere Gesetze, ich weiß, dass ich nicht springen darf und ich werde Dich bitten sie für mich außer Acht zu lassen. Nach meiner Rückkehr werden wir vielleicht endlich wissen warum oder gar wohin der Hüter verschwunden ist.", sagte ich mit Entschlossenheit über mich gezogen, als wäre sie ein Mantel den man ab- und anlegen konnte wie es einem eben einfiel. Es wäre sinnlos gewesen ihr meine Idee vorzuenthalten wenn ich ihre Hilfe brauchen würde, sie würde spätestens beim Austritt aus dieser Welt merken was ich vorhatte.

Wir warteten bis die Meute der Fragenden und Besorgten gewichen war und glitten unbemerkt in einen der Reiseräume. Sie schloss die Tür und versiegelte sie mit ihrem Zeichen, ich begann mich zu entkleiden und aus mir selbst heraus die Dinge zu formen die ich benötigen würde. Wärmende, aber auch ziervolle Kleidungsstücke, ein schwerer Ledergurt und ein Krug aus Holz mit dem reinsten der Wasser unserer Welt. Stellte mich vor Serene und sie vollzog mit einer halben Handbewegung die Verbindung der Reisenden. Ich schloss meine Augen und sie begann mit tiefen Atemzügen im Wechsel einige Worte erklingen zu lassen, Worte die sie selbst waren.

Ich schloss meine Augen und verlor mich sogleich in der absoluten Wärme der samtweichen Flüssigkeit, die mich umgab und durchdrang. Wie ein Tuch mit dem man nach einer Massage abgerieben wird, doch immer schneller und heißer kletterte sie an mir entlang, bis ich mich vollends in ihr eingehüllt und von ihr durchdrungen fühlte. Ich passte den Moment ab mich auf mein Ziel zu fokussieren und spürte sogleich das derbe ziehen und Rütteln der Welten wie sie an mir vorbeiglitten. Aus Schwärze begannen wie Regentropfen auf sonnengewärmtem Beton Flecken zu sprießen, erst grau, dann immer heller werdend, bis sie zunächst weiß wurden und mich dann schließlich in ihrem Lichtermeer ertränken wollten.

In diesem Moment ließ ich mich zwischen diese Lichter stürzen, ich entsagte mit einem Schlag der ganzen Kontrolle und zog mich in mich selbst hinein um in einem Meer endloser Farben den Lichtern entgegenzutreten. Irgendwo zwischen Rot und Blau stand um mich alles Still.

Ein langer Gang aus Farben, bunten Blitzen und funkelndem Licht, kein Ende in Sicht weder zur einen, noch zur anderen Seite. Aber ich wusste wo ich war und ich wusste wo ich hin wollte. Ich war bisher noch nie dazu gekommen diese Welt zu betreten, obwohl ich schon so einige Reisen abgeschlossen habe, allerdings habe ich viel von ihr gehört und wusste wie man hingelangt, genau wie eine Brieftaube weiß wie sie an ihren Bestimmungsort kommt.

Als ich dem schier endlosen Gang folgte, wollte ich ihn treffen und traf ihn auch. „Weder wirst Du erwartet, noch kenne ich Dich – was suchst Du hier, denn Du bist nicht von dieser Welt?", hallte eine Stimme die schmalen Wände entlang, fast schon einen Deut zu laut als das sie noch angenehm hätte klingen können. „Ich habe ein Geschenk für Dich und Dein Volk. Unser Wasser ist das als reinstes aller Welten gepriesen. Ich machte die Reise auf meinen eigenen Wunsch, so lasse sie mich vollführen. Das Wasser sei Dein und mein Wort das ich keine böse Absicht in mir hege.", erklärte ich ihm. „Was Du sprichst ist wahr, so mögest Du als Gast meiner selbst und meines Volkes willkommen sein!"

Ich reichte ihm den Krug und nickte leicht schräg mit dem Kopf wie es bei mir und meinesgleichen zum Gruß und Wohlwollen Sitte ist. Er nahm Gestalt an, nahm den Krug entgegen und lächelte mich an: „Dies Wasser ist für wahr sehr rein und auch wenn es den Durst vieler Kehlen zu stillen vermag, stillt es meine Neugier nicht. Was treibt einen Außenweltler, unsere Welt zu besuchen?", blickte er mich mit einem durchdringenden Funkeln in den Augen an. Ich wusste warum er der einzige Wächter für diesen Zugang war – er der die Gabe hatte Wahrheit von Lüge zu trennen und Dreck von Reinheit zu unterscheiden. „Eben die Neugierde treibt mich, jedoch nicht nach dem hier.", gab ich von mir ohne viel über mein Vorhaben auszusagen. Mein Gegenüber lächelte weiterhin, hieß mich mit einer einladenden Geste ebenfalls willkommen und ließ mich hinter ihn treten.

Ich spürte die Verbindung zu Serene noch immer, was ein gutes Zeichen war. Erstens hatte keiner bemerkt, dass ich fort war und zweitens war ich nicht auf mich allein gestellt. Von jetzt an würden meine Aufgaben einfacher sein. Ich musste nur ein Wesen finden, das ich weder kenne noch spüren kann in einer Welt in der ich noch nie zuvor gewesen bin. Aber darauf würden Antworten folgen und wenn Serene mit ihrem Gefühl wieder ins Schwarze getroffen hat, dann ist Zeit das letzte was unsere Welten noch haben. Langsam kam ich mir vor wie ein Sandkorn, das versucht in die obere Hälfte des Glases zu kommen um dort zu erfahren wie viele Sandkörner noch folgen würden. Wohin mich diese Antworten auch führen wurden, ich war mir fast sicher, dass es mir nicht gefallen würde. Aber das musste es auch nicht, was ich wirklich suchte – war Gewissheit.

TEIL VII

Der Stoff aus dem die Berge vor mir waren ließ sich bis in die letzte Faser erspüren. Diese Welt war enorm stark, hier schienen Mächte am Werk gewesen zu sein die weit über alles Fassbare hinausgingen. In jedem Stein, in jedem Grashalm war mehr Kraft und Alter als in den meisten die in unserer Welt als die Machtvollsten und Reinsten galten.

Ich konnte der Versuchung nahezu nicht widerstehen etwas von hier mitzunehmen, sei es nur ein Kiesel aus dem Geröllhaufen vorne an der Straße. Aber dazu war jetzt weder Zeit noch Not. Ich setzte mich an den Wegesrand und begann mich auseinanderzufalten. Ich musste erst eine Ahnung bekommen wo ich war und was sich in der Nähe befand, also erhob ich mich in meine eigene Grenzenlosigkeit und dehnte mich Streufeuerartig in alle Richtungen zugleich aus.

Es ist fast so als würde man mit Fühlern an jeder Zelle seines Körpers über die Umgebung kriechen wie ein Nebel der sich in einem Tal breitmacht. So schwer wie selbiger Nebel und doch so fühlsam wie das dünnste Reispapier faltete ich mich auseinander, weiter und weiter. Ich sah, schmeckte und spürte alles um mich herum. Das leise Plätschern eines Gebirgsbaches, den Drang eines soeben geschlüpften Vogels nach dem Himmel und seiner Frische und Freiheit, die Kühle des Schnees der Gipfel, einen Holzofen dessen Rauch mich langsam durchdrang. Alles hier war so überwältigend das ich mich fast nicht zurückfalten und dieses Gefühl hinter mir lassen wollte.

Ich kehrte in einem langsamen Rhythmus stets kleiner werdend in mich zurück und sammelte mein selbst auf der Stelle wo ich war auf. Dieses kurze auseinanderfalten ließ mich mehr Genesen als all die Nächte seit meinem Rückruf zusammengenommen. Ich war wieder ganz und fühlte mich wacher und belebter denn je. Als ich mich wieder ganz zusammen hatte spürte ich eine leichte Verwirrung seitens Serene. Für den Moment in dem ich weit war, hatte ich sie fast schon nicht mehr gefühlt, so schwach schien sie mir im Vergleich zu dem was mich umgab. Ich fühlte nach ihr mit der Stärke meiner Umgebung und sie schien zu verstehen was vor sich ging.

Nicht weit von hier war ein Waldstück, eine kleine Siedlung am Fuße des Bergmassivs und ein Bach. Ich habe zwar nicht viele alte Wesen im Wald erspürt, aber der Wald selbst war noch älter als das Massiv. Ich würde meine Antworten dort suchen und vermutlich finden. So machte ich mich auf den Weg – obgleich ich nicht wusste ob ich den Wald vor Sonnenuntergang erreichen würde.

Als die letzten Strahlen des Himmelsfeuers hinter den Bergen niedersanken und den Himmel in ein tiefes und doch klares Blau tauchten, war ich bereits in Sichtweite zum Wald. Die Sterne zierten den immer dunkler werdenden Himmel in einer Helligkeit wie ich sie nur aus den klarsten Nächten in meiner Welt in Erinnerung hatte und der Mond, obgleich nur halb am Himmel war in seiner ganzen Pracht zu erahnen. Graublau – hell und dunkel – erfrischend aber nicht kalt – legte sich die Nacht über das Tal und als ob sie zu begrüßen wurden alle Geräusche lauter und lauter, sie sangen sie in ihren weichen Schlaf und baten sie länger zu bleiben als nur bis zum nächsten Morgen.

Der Wald selbst war belebt mit allerlei Getier und reich an Gefühl aus Zeiten deren einzige Zeugen die Bäume und Berge noch zu sein schienen. Als ich kurz rastete und einen der Bäume berührte spürte ich seine Ruhe in mir. Den Tag lang gewacht und gehorcht was der Wind ihm für Kunde bringt, seine Nähe mit seiner Stärke versorgt und die Erde aufs tiefste beseelt. Ich versuchte in ihm Wissen zu erspüren ohne ihn zu wecken, wissen nach dem ältesten Ort in diesem Wald. Seine Träume sangen von einer Lichtung aus Stein, seine Blätter rauschten von einem Fels der hier gestanden haben soll noch bevor alles seinen Platz nahm, der Wind zog mich zu ihm.

Wenige Momente später habe ich sie gespürt, wie den Puls der Erde auf der ich stand. Eine unendliche Strömung aus Ruhe und Ewigkeit erfüllte alles um mich herum und ich selbst war davon nicht unbeeinflusst. Ich merkte wie eine Welle von Geduld und unendlicher Belastbarkeit in mir aufstieg und sich in mein tiefstes Innern niederließ. Einen Augenblick lang blieb ich wie angewurzelt stehen und war fast wie benebelt vor Ehrfurcht und Faszination dieser urzeitlichen Macht. Langsam und bedacht schritt ich nach dem ersten Schrecken weiter und sah die Lichtung auch alsbald.

Ein Obelisk von stattlicher Höhe ragte inmitten der Lichtung empor, doch war er nicht gerade, sondern so seltsam geneigt, dass sein oberes Ende der Mitte Dach gab. Unter ihm war ein kleinerer Stein, der einem Mann den Platz geben würde auf ihm zu Ruhen. Und genau das war das was ich wollte. Die letzten Schritte zur Lichtung hin waren so anstrengend Gewesen als müsste ich in Ketten an sie heranschwimmen. Die Ketten waren meine Geringfügigkeit und Ehrfurcht gewesen, doch nicht ich habe sie mir angelegt, sie entsprossen ganz und gar diesem Gesteine.

Ich nahm Platz, mich selbst eher schleppend als wirklich einen Fuß vor den anderen setzend. Ich drehte meinen Blick zum Obelisken hin und bemerkte, dass weder der Mond noch die Sterne es wagten unterhalb dieses Steins ihr Licht zu verstreuen. Unwissend wie ich war tat ich das was mir zunächst zu Sinnen kam: ich stellte mich vor. Ich schrieb mich in die Luft vor mich und ließ meinen Namen in meiner Stimme aus mir herausgleiten. Keine Regung. Warum auch, schließlich hatte ich mich gerade erst spüren lassen. Ich wartete ein Wenig und versuchte mich selbst in die Richtung des Gesteins auszudehnen ohne ihn wirklich zu berühren und ohne nach ihm gezielt zu greifen.

Nachdem ich ihn leicht umfasst hatte, sah ich die Fragen die mich hergeführt haben deutlich in mir hervorkommen. Ich legte sie vor mich und schloss die Augen so fest wie ich nur konnte – ich verlagerte alle meine Sinne auf den einzigen auf den es mir ankam und wurde fast verschluckt von dem Sog der mein Anliegen in sich zu ziehen begann.

Einen Moment lang hatte ich fast versucht die Fragen an mir zu behalten wie es in unserer Welt üblich ist. Jede Frage ist ein Teil von einem selbst, so ist es zu achten und zu belassen. Mit jedem Wort wie Gedanken legt man ein Stück seiner Selbst brach, jedoch gibt man nicht das Recht hinfort sich daran zu vergehen oder zu bedienen. In diesem Fall war es anders – was wahrscheinlich daran lag, dass dies was ich vor mir liegen hatte so ungenau und unverständlich für dieses Vorzeitliche, das dem Stein innewohnte, war, dass es die Essenz davon nur verstehen konnte wenn es danach nicht nur fühlte sondern es sich einverleibt hatte.

Ich ließ los und mit einem recht schmerzvollen, wenn auch befreienden Zucken wich sämtliche Furcht vor der Prophezeiung, jegliche Sorge wie auch alle Gedanken die das Verschwinden des Hüters betrafen. Es war fast so als hätte man mir einen kranken wesenden Teil meines Selbst amputiert. Ein Gefühl das etwas so sehr fehlt das es nicht mehr zu mir gehört und doch eine Erleichterung die Bedrohung abgewendet zu haben.

Einige Gedanken später spürte ich eine Ausstrahlung von purer, konzentrierter Wahrheit. Der leichte Sog der noch immer von dem Stein ausging wurde stärker und ich konnte mich nicht mehr wirklich in meiner Form halten. Ich löste meine Festigkeit für einen Moment ein wenig, kam dem Stein näher und berührte ihn. Bessergesagt, er berührte mich! In diesem kurzen Zeitraum, kaum mehr als ein kurzes Streifen eines Astes im Vorbeilaufen, presste sich etwas in mich hinein. Es war hart, starr und sehr kantig. Und dann folgte Dunkelheit.

Ich erwachte formlos, aber ohne mich aufgelöst zu haben. Ein Gefühl der Schwebe und der Losgelöstheit begleitete meinen Zustand. Ich nahm Form an und fokussierte mich auf meinen Kern. Irgendwas war hinzugekommen. So natürlich wie ein Teil von mir nur sein konnte, aber es war letzten Bewusstseins noch nicht vorhanden. Wie ein länglicher Stein der einem unter der Brust eingesetzt wurde, aber ohne sich bemerkbar zu machen einwuchs. Manchmal spürt man ihn eben doch. Und genau dieses Gefühl hatte ich.

Der Obelisk schwieg, ohne dadurch auch nur ein Gramm seines Gewichtes zu verlieren. Ich dachte für den Bruchteil einer Sekunde an den Grund meines Herkommens und fand die Antwort in mir vergraben, doch weigerte sie sich hervorzutreten und sich mir zu offenbaren. Ich wusste es war der falsche Zeitpunkt.

Da ich die Antwort hatte nach der ich gekommen war, gefunden habe was ich suchte – auch wenn sie sich noch nicht ganz klar stellte – wurde es Zeit für mich in meine Heimatwelt zurückzukehren. Ich fühlte nach Serene aus – nichts. Ich versuchte es noch mal, spürte mich in ihre Richtung, aber eine Verbindung bestand nicht. Ich konnte sie gerade so erahnen, fast als würde sie in einer Menschenmenge stehen und in meine Richtung winken ohne dass ich sie wirklich aus der Masse stechen sah. Es wurde Zeit, wer weiß was mich die Antworten auf meine Neugier diese Nacht gekostet haben mögen. Vielleicht einen Preis, den ich nicht zu zahlen bereit war – oder schlimmer, einen Preis, den nicht ich zahlen musste.

Anmerkungen des Autors:

Sandro Hübner meißelt in Berlin, in klaren Sätzen ein Denkmal und ist unverzichtbar für alle, die ihn bei Twentysix lesen, weiterempfehlen und auch kaufen werden.

Bisher erschienen:

Titel:	SAD SONG - Trauriges Lied -
Genre: **ISBN:**	Kriminalroman 978-3-7407-3007-9
Titel:	Juliette und Taddei eine Liebe forever
Genre: **ISBN:**	Liebesroman 978-3-7407-3030-7
Titel:	Rückkehr eines träumenden Delfins
Genre: **ISBN:**	Roman 978-3-7407-3399-5
Titel:	Fesselnde Psycho-Horror-Geschichten
Genre: **ISBN:**	Horror 978-3-7407-4455-7

Titel:	Spannende Thriller-Geschichten
Genre:	Thriller
ISBN:	978-3-7407-4636-0

Titel:	Doppelt stirbt sich besser, mit einem grauenvollen Biss
Genre:	Psychohorror
ISBN:	978-3-7407-4697-1

Titel:	TITANIC Ein Augenzeugenbericht von Helena F. Lang
Genre:	Roman
ISBN:	978-3-7407-5058-9

Titel:	Unheimliche Gruselgeschichten - Teil I -
Genre:	Gruselroman
ISBN:	978-3-7407-5067-1

Titel:	Unheimliche Gruselgeschichten - Teil II -
Genre:	Gruselroman
ISBN:	978-3-7407-5068-8

Titel:	Der Fitnesstrainer
Genre:	Roman
ISBN:	978-3-7407-5075-6

Titel:	Das Bett des Horroralptraums
Genre:	Horror
ISBN:	978-3-7407-5139-5

Titel:	Der verhängnisvolle Fehler aller Zeiten - Das Haus der Seelen
Genre:	Horror
ISBN:	978-3-7407-5317-7

Titel:	Spannende Abenteuerkurzgeschichten für Kinder
Genre:	Roman
ISBN:	978-3-7407-5415-0

Titel:	Roy Raperpotz im Land der Träume
Genre:	Roman
ISBN:	978-3-7407-1711-7

Titel:	Der grausame Helikopter des Horrors
Genre:	Horror
ISBN:	978-3-7407-2681-2

Titel:	Die Nacht des Horrors
Genre:	Horror
ISBN:	978-3-7407-4812-8

Titel:	Abenteuergeschichten für Kinder
Genre:	Roman
ISBN:	978-3-7407-6328-2

Titel:	Sommerliche Gaystories
Genre:	Roman
ISBN:	978-3-7407-5107-4

Titel:	Die Brücke zum Verrat
Genre:	Roman
ISBN:	978-3-7407-6639-9

Titel: Das Wolfsmädchen

Genre: Roman
ISBN: 978-3-7407-6589-7

Titel: Mysteriöse Thriller-Geschichten aus Deutschland

Genre: Mysterythriller
ISBN: 978-3-7407-7055-X
